Juno Monetas skatt

AXEL KAMNE

8TH & ATLAS PUBLISHING

8TH & ATLAS PUBLISHING

8th & Atlas Publishing
911 Walnut Street
Winston-Salem, NC 27101

www.8thandatlaspublishing.com

Den här boken tillverkades etiskt och ansvarsfullt av Lightning Source.

Omslagsdesign av Axel Kamne och 8th & Atlas Publishing.
Bilder: *The Chariot Race* av Alexander von Wagner/Källa: Artdaily.com via Wikimedia Commons. Sestertie i brons av Gaius (Caligula)/Metropolitan Museum of Art via Wikimedia Commons. Karta över de 14 administrativa regionerna i antikens Rom/G. *Droysen's Allgemeiner Historischer Handatlas*; Public domain via Wikimedia Commons.

Tryckt bok ISBN: 979-8-9919936-2-3
E-bok ISBN: 979-8-9919936-3-0

Den förbannade hungern efter guld
— Vergilius

Juno Monetas skatt

8TH & ATLAS PUBLISHING

I

Gröne Gnaeus den gullige och gnällige höll ett lotteri, och Lucius spelade på det.

Lucius satt allra högst upp, för att undvika trängseln, men Circus Maximus lät sig inte luras av sådana enkla knep. Trots att arenan var Roms största fanns där aldrig en plats som inte redan var upptagen av tre personer och varje andetag förde med sig stanken av tusen olika svettsorter. Även Lucius var skyldig till det illaluktande brottet. Oavsett hur hårt vintervinden bet med sina isande tänder var luften obevekligt stilla på cirkusens läktare. En av många anledningar till att det var den värsta platsen i världen.

Mer av vana än av vilja fiskade Lucius upp några kalla, slitna quadrans ur närliggande fickor. De små bronsmynten skulle knappt räcka till en dagsgammal limpa, men det förändrade ingenting – Lucius var en tjuv. Han skämdes inte; det var enda sättet att överleva i Rom. Åtminstone det enda som passade Lucius.

Publiken skrek av iver. Det var kapplöpning i dag, loppet skulle strax börja, och få saker var så bedövande som supportrarnas böljande ramsor. Men när Gröne Gnaeus talade i sin tratt tystnade de tvärt och Lucius hörde varenda stavelse lika tydligt som om den äcklige pysslingen spottat sina giftiga ord rakt i hans öra och rört om till dess vaxet runnit ut och kladdat ned hans kinder. Alla spelade på Gröne Gnaeus lotteri. Det var trots allt det som finansierade hela spektaklet.

Med alla menade Lucius verkligen *alla*. Inte bara människor. Dvärgar, blemmer, till och med de varelser vars namn Lucius med stor omsorg glömt blev ständigt fattigare i sina försök att pricka rätt nummer.

"Sjutton, trettiotvå, fem, sextiosju ..."

Lucius sneglade på sin lott, egentligen väl medveten om sina nummer, men med en innerlig önskan att han mindes fel. Det gjorde han inte. Han mindes aldrig fel.

Han reste sig instinktivt, men tvingade sig att sätta sig igen. Han skulle inte fly. Inte i dag. Kapplöpningsvagnarna var uppställda och trots att Lucius inte spelat på vinnaren skulle han följa loppet mycket noga. Planen krävde det.

***

Kanske i dag, om hon vann, kunde Appia bli fri. Hon tog några djupa andetag av luften som redan var tjock av damm och önskade att loppet bara kunde starta, att portarna framför henne bara kunde öppna. Hennes hästar frustade och skrapade med hovarna. Hästarna kände på sig att det inte var långt kvar nu. Hur hade Appia aldrig förstått.

Appia vände blicken mot publiken. Där, längst ned, på den bästa platsen, stod en konstruktion av marmorkolonner och tegeltak. Det var kejsar Caligulas personliga loge, ett avskilt rum skyddat från de packade bänkraderna.

Den magre kejsaren hade just rest sig och slavarna runt honom skingrades för att inte skymma sikten. I handen höll han en näsduk vars storlek skulle varit överdriven även för ett förkylt troll, och i tyget var de fyra lagens färger representerade: rött, grönt, vitt och blått.

Kejsaren stod så några ögonblick – armen rakt ut, ett

hörn av näsduken i sin knutna näve – och hela cirkusen höll andan i förväntan. Så öppnade han handen, spretade fingrarna brett, och näsduken fladdrade långsamt i sin resa nedåt. En vindpust tog tag i den, snurrade den ett varv i luften, varefter den slutligen landade på marken och portarna öppnades.

Hästarna satte fart. Cirkusen dånade av jubel och sanden yrde upp i Appias ögon. Redan försökte en motståndarvagn preja henne mot *spinan*, den av bronsdelfiner utsmyckade barriär som markerade banans mitt. En krock med den innebar en säker död. Appia piskade motståndaren i ansiktet och han drog sig reflexmässigt undan. Bra, hon återgick till att piska hästarna i stället. Alla fyra kändes pigga.

Första kurvan närmade sig. Appia lutade sig åt vänster, styrde genom selen hon virat runt kroppen. Selen höll för påfrestningen och hon kom ur kurvan som femma. De var åtta tävlande i dag, två från varje lag.

Hon tillät sig en hastig blick över axeln. Hennes lagkamrat från vita laget hade redan kraschat och låg begravd under sina hästar. Skeppsvrak kallades det, den hög av död som blev ett hinder på banan.

Jag har ju alltid sagt att du tar första kurvan för snävt, tänkte Appia, nu lämnad ensam.

Hon fick bra fart på raksträckan. Gled förbi en i blått vars hästar redan tröttnat. Bara tre kvar framför henne. Två röda och Hostus, med sina svarta bestar till hästar.

Andra varvet. De röda försökte preja bort Hostus, men i stället brakade bägge två in i skeppsvraket. Appia kastade sig åt höger och lyckades väja undan för katastrofen. Ljuden bakom henne avslöjade att alla inte varit lika snabba.

Runt henne regnade det grus när publiken gjorde sitt bästa för att störa de tävlande. Hon piskade hårdare och ur hästarnas munnar yrde fradgan. Där framme fladdrade Hostus gröna kläder, närmare än förut – hon knappade in på honom.

En kurva till, nästa varv.

Så var hon framme vid Hostus.

Där var han, den obesegrade mästaren, en grötig massa av svett och krulligt, ljust hår. Han som varje lopp fullständigt dominerade på banan. Appia behövde ta till något särskilt för att slå honom.

Fortfarande regnade det från publiken. Inte bara grus, allt vad man lyckades komma över. I ögonvrån såg hon något avlångt komma flygande och fattade sitt beslut.

Hon släppte piskan och fångade staven. Ekträ, tjockt och tungt.

Viktigast var den yttersta vänsterhästen, vilken både höll farten och låg närmast *spinan* i svängarna. Appia red på Hostus vänstra sida – nu hade hon sin chans.

Hon smällde staven rakt på Hostus hästs mule. Det knakade tillfredsställande när ben krossades.

Nej, tydligen staven som sprack. Hästen bara ruskade på huvudet och fortsatte. *Hur kan den tåla det där?* tänkte Appia.

Hostus uppskattade inte attacken. Han trängde in henne mot mitten, mot *spinan*, och Appia hade inte längre någon piska att försvara sig med. Hon försökte hålla emot, hon försökte verkligen, men i stället tappade hon kontrollen.

Hon föll.

Världen vändes upp och ned. Farten var så mycket verkligare nu, när hon hängde under vagnen, fastsurrad vid selen och med hästhovarna hamrande några fot från ansiktet. En egendomlig impuls manade henne att ge upp, att låta sig dras med längs banan och dö. Hon ruskade undan tanken och använde sina sista krafter för att nå sitt bälte. Falx-knivens välbekanta järn mot hennes fingrar kändes som en välsignelse från Jupiter själv, och med två snabba snitt kom hon loss och landade med en kullerbytta medan hennes hästar fortsatte i panik.

Appia väntade in de framstormande ryttarna innan hon hasade sig bort i säkerhet. Hals och lungor sved av grus och damm, kroppen värkte och skrek.

Hon såg klart loppet från sidan. Fyra av åtta tävlande red inte i mål. Hennes lagkamrat var död, och hon undrade om de båda röda någonsin skulle kunna tävla igen. Segrarens namn ropades ut i samma tratt som alltid öppnade tävlingarna: Hostus.

Nästa gång, tänkte Appia trött medan den krullhårige Hostus mottog publikens jubel. *Nästa gång slår jag dig.*

II

Åter en dag på cirkusen, åter ett lotteri Lucius spelade på. Numren var redan upplästa, men likt i går tvingade Lucius plan honom att stanna och betrakta eländet. Han hoppades att det inte skulle bli en ny vana. Han hade tillräckligt med vanor. Kapplöpningen var ersatt med gladiatorspel, och nere på sanden rullade gladiatorer runt och slogs. Mot varandra nu, lejonen var redan döda.

"Den i mitten tror att han kommer vinna, se bara hur lojt han håller sitt svärd, men den högra är femton gånger så stor och den vänstra kommer trilla på sina oknäppta sandaler."

Lucius sneglade mot raden framför för att se vem som lämnat analysen. En skiapod. Han satt med sin håriga fot – två, tre gånger större än normala fötter – upp mot solen och verkade trivas bra i skuggan han skapade. Lucius stötte bara på skiapoder då och då, men det var fullt tillräckligt.

"Sluta, Kezekem", sa skiapodens mänskliga kompis, "mig lurar du inte. Aldrig att du ser folks sandaler härifrån."

"Joho *amicus*, jag svär", sa skiapoden och viftade på sina tår. Han var mycket blek, och Lucius undrade om det hade med den bristande exponeringen för solljus att göra. "Jag ljuger aldrig, det vet du! Men strunta i sandalerna då … Har du legat i prickfrossa senaste året eller vad? Den store är Flamma, halvcyklopen – han kan inte förlora."

"Sluta nu. Det spelar ingen roll vad du säger, jag kommer inte ändra mig bara för att du ska tjäna en hacka."

Lucius – som inte helt utan olust förberett sig på att tränga sig längre ned bland raderna för att göra en närmare inspektion av gladiatorerna och dessutom slippa de bådas samtal – spetsade öronen. Alla cirkusens vadslagningar gick genom Gröne Gnaeus, sådan var lagen; bröt man mot den kunde man själv bli föremål för underhållning på cirkusen.

Att de vågar prata så öppet om det, tänkte Lucius när skiapoden och hans kompis fortsatte sin diskussion kring den vadslagning de satt upp mellan sig. *Vet de inte att det finns pretorianer i publiken?*

Mycket riktigt, redan närmade sig två pretorianer. De banade väg genom att stampa med sina getben och skaka sina hornprydda huvuden. Pretorianerna var inte enbart kejsarens personliga livvakt, utan hade också till uppdrag att säkerställa att Roms lagar åtlyddes.

När åskådarna blev varse det förestående lät de inte människan smita undan, rädda som de var för pretorianernas hämnd; åskådarna greppade hans armar och ben och höll honom stadigt på plats utan att bry sig om hans hesa skrik. Faktiskt gick åskådarna så ovarsamt till väga att pretorianerna vid ankomst fann jobbet till huvudsak vara avklarat och nöjde sig med några snabba stamp för att bespara stackaren fortsatt lidande.

Skiapoden var dock sedan länge borta. En fördel, antog Lucius, med att vara Roms snabbaste varelse.

Just då brast cirkusen ut i unisont jubel. Nere på marken tornade en ensam kämpe upp sig över de döda. En med väldig kropp, tung rustning och bara ett öga. Flamma, halvcyklopen, hade segrat.

***

Lucius satt kvar länge i funderingar. Runt honom växte tystnaden i takt med att läktaren övergavs. Mycket behövde stämma för att planen skulle klaffa och även då kändes det som en chansning. Och han hatade chansningar, för den saken hade han Gröne Gnaeus att tacka. I vilket fall måste han berätta för Pollio, fastän Lucius inte visste hur. Kände han den unge senatorssonen rätt skulle Pollio inte bara komma med invändningar utan även skälla ut Lucius för hans dåliga omdöme.

När läktaren var så gott som tom rörde sig Lucius därifrån. Allt han passerade var slavar som sopade rent, ett barn som hulkade med händerna mot ansiktet och slutligen de korpar som kraxade och bråkade om resterna av den människa som funnit det klokt att kringgå Gröne Gnaeus rättmätiga del.

Lucius klev igenom cirkusens portar och kom ut i den stad han älskade och hatade, den som förberedde sig för mörkrets fall; då folk var för trötta för att hålla koll på sina fickor, då skuggorna var lätta att gömma sig i och då han hade sin sista chans att slippa jobba natt.

Staden levde och slingrade sig – ryslig, äcklig, orm – en kväll som denna mer än vanligt.

När spel anordnades på cirkusen tömdes hela Rom på folk – Lucius brukade glädjas åt de stunderna, då han praktiskt taget var ensam i staden med sju kullar – men nu hade alla åter svämmat ut på gatorna med sina knuffande armbågar och dåliga andedräkter.

Han huttrade och skyndade på stegen. Kvällen kom tidigt om vintrarna, och kylan med den. Vinden som drog genom Roms gator sov aldrig. Som tur var låg Circus Maximus inte långt från Caelius, kullen där många av de finare familjerna bodde. När han hittat Pollios hus, en röd bjässe av tegelsten, kastade han småsten på fönsterluckan tills Pollio öppnade. Det var en bra vana, annars riskerade Lucius att göra sig besvär i onödan. Ända sedan incidenten med trädet (vilken snabbt spridit sig i vissa kretsar) hade Lucius fått sitt rykte befläckat och föredrog därför fasadvägen när han besökte vännen.

Försiktigt satte han händer och fötter på de marmordekorationer som han numer var så bekant med och påbörjade sin klättring. Senast hade det regnat så mycket att han halkat; fallet hade bara varit tio fot men dunsen hade ådragit sig uppmärksamhet från huset och Pollios far, Annius Vinicianus, hade jagat iväg Lucius med en blomvas.

Och så hade senatorn mage att påstå att det var *Lucius* som hade dåligt inflytande över Pollio.

"Jag gör det inte", sa Pollio när Lucius stack huvudet över fönsterkarmen.

"Låt mig åtminstone lägga fram saken innan du säger så där", sa Lucius, drog sig upp sista biten och ramlade in på mosaikgolvet. Armarna värkte. Han var inte byggd för den här sortens strapatser.

"Nej", sa Pollio, som stod med armarna i kors och blickade ned på Lucius, "det spelar ingen roll vad du säger. Jag är trött på dina idéer."

"Men snälla Pollio!" utbrast Lucius, slog en kullerbytta och klättrade upp i Pollios träsoffa. Närmare bestämt den vars elegant mejslade elfenbensmönster visade hur Romulus och Remus blev diade av varghonan – Pollio hade så många soffor att det var bäst att vara specifik. "Jag talar om en stöt av sådan storlek att inte ens ditt fula tryne kan mäta sig med den. Stöten som avslutar alla stötar, ofantliga summor."

"Jaha, och du kommer spela bort dem med förstås. Som du brukar."

Lucius suckade och sträckte sig efter de vindruvor som låg i bronsskålen på bordet bredvid. Pollio talade alltid så, med frågor som inte var frågor utan påståenden, och Lucius visste aldrig vad han skulle svara. Han prövade att förneka allting.

"Nej då", sa han mellan tuggorna. "Det har jag aldrig gjort."

"Inte? Så du spelade inte bort den där bronsstatyn vi stal från palatset i somras? Vart kan den då tagit vägen."

"Den var för lätt att känna igen. Du vet att vi inte kunde behålla den."

"Eller när vi stal gästernas togor i det tjusiga badhuset på Esquilinen, och vips redan samma dag var de puts väck."

"Jo, men …"

"Eller de hundratals denarer vi snodde från auktionisten på slavmarknaden förra veckan. En vecka Lucius, du spelade bort hela vårt byte på en vecka."

Det där sista gick faktiskt till något annat, tänkte Lucius, men brydde sig inte om att förklara saken. "Jaja, okej. Men nej, jag kommer inte spela bort våra pengar på lotteriet. Inte den här gången, jag lovar."

"Och varför skulle jag tro på det?"

Lucius reste sig och lade handen på Pollios axel. "För att ingen kommer göra det. Lotteriet kommer upphöra att existera."

Pollio blinkade några gånger med sina stora bruna ögon. Hans ansikte mjuknade och han släppte äntligen ned sina korslagda armar. Han hade förstått.

"Jag vet", sa Lucius när Pollio öppnade munnen. "Det är en otrolig sak att försöka sig på, men vid Dis Pater lovar jag att vi kommer klara det. Fast vi kommer behöva hjälp."

"Hjälp?"

"Det märker du", sa Lucius och gick fram till fönstret. Därute reste sig stadens siluett i mörkret. Kullar höjde och sänkte sig, och mellan dem trängdes hus och akvedukter i en slingrande röra. Kvällsvinden slog emot hans ansikte; dags att gå.

"Jag litar på dig, min vän, så jag litar på att du litar på mig." Och Lucius klättrade ut ur fönstret och nedför fasaden.

***

Appia hukade sig under piskan. Det kändes annorlunda, att bli piskad av sin tränare för att hon förlorat igen jämfört med när hon själv piskade sina hästar, men hon antog att det egentligen var samma sak. Ratsch, ratsch, och ryggen sved.

"Om du förlorar nästa lopp likt du förlorade i går", sa tränaren med en grimas som fick bölderna på hans ansikte att spricka och vitt var att svämma över hans kinder, "så stannar du kvar efter loppet som foder åt lejonen och ödlevargarna."

Natten hade fallit när hon kom därifrån. Appias lag, de vita, hade träningslokaler och stall på Viminalen så hon var tvungen att passera Forum på väg hem. Torget, som på dagarna tycktes rymma hela Rom, befolkades nu enbart av ett dussin hemlösa och en och annan dvärg från vigilesgardet som motade bort dem. Hon passerade Vestatemplet, där den heliga elden alltid brann, och dess fladdrande sken reflekterades i torgets gyllene statyer.

Appia suckade. Varje gång hon såg konsulernas byster och generalerna på sina väldiga hästar önskade hon att hon var fri, att hon inte behövde återvända till sin herres hus och bara kunde försvinna in i Roms myller. Men det fungerade inte så. Hennes herre skulle hitta henne. Han hittade alla slavar som rymde.

Plötsligt stod en man framför henne, ganska kort och av klen figur. Han påminde om en vessla.

"Vem är du?" frågade Appia, och när hon fick se hans blå tunika tillade hon: "Jag har ingen lust att bråka med supportrar."

"Oroa dig inte. Jag är inte särskilt road av cirkusens spel."

Han svepte ned en svart hårlock framför pannan –

kanske för att dölja vårtan han hade där – och Appia gissade att han var några år yngre än hon själv. Vad det nu betydde, Appia trodde att hon var runt tjugo men ingen hade berättat när hon var född.

"Mitt namn är Lucius Turpilinus. Jag har ett erbjudande, något jag tror skulle passa dig." Han väntade på hennes svar, men när hon stod tyst pekade han med sina egendomligt såriga fingrar mot Capitolium och den byggnad som stod där liksom blickande ned över torget. "Huset där uppe, vet du vad det är?"

"Jo, förstås, det är Juno Monetas tempel, tillägnat vår främsta gudinna." Appia blev irriterad på sig själv. "Vart vill du komma?"

"Nå, tänk dig att du står där och ser ned över Rom och tänker: varthelst jag vill gå kan jag gå, och ingen, inte ens kejsaren, kan stoppa mig. Hade inte det varit något?"

Appia rynkade pannan. "Det räcker, du gör mig bara till åtlöje. *Bonum vesperum.*"

"*Bonum vesperum*, men möt mig här samma tid i morgon så kommer du vinna frihet och mycket mer därtill."

III

Clemens var av lagen förbjuden att bada, men han uppskattade att kejsaren höll så många av sina möten i badhuset. Där, naken bland ångor och sjudande vatten, var det svårare att smuggla med sig en kniv. Och som prefekt över pretoriangardet var det Clemens uppgift att hålla kejsaren säker.

Oliverna Clemens ätit några timmar tidigare stöttes upp genom hans strupe och han tuggade dem åter. De var aldrig lika goda andra gången, av smaken återstod enbart avlägsna minnen och konsistensen var mest vatten.

Mannen kejsaren badade med var en legat, den högsta befälhavaren i en av Roms legioner och förde så befäl över tusentals soldater på slagfältet. En framgångsrik man, med djupa fåror i pannan, som bringat många segrar till Rom under årens lopp och som ofta badade med kejsaren. Klok var han tydligen också; han inledde med att tala om hästkapplöpningarna och kejsaren blev på gott humör. Över hela Rom var det känt att kejsaren storligen gladdes över det gröna lagets triumfer den senaste tiden.

Så, när tiden var rätt, lade legaten fram sitt ärende. ”Soldaternas klagan växer sig allt högre för varje dag, kejsare. Efter att de bekostat vapen och rustning räcker tvåhundratjugofem denarer inte långt för ett helt år. Normalt skulle jag inte besvära kejsaren med sådana trivialiteter men dessa ständigt stigande brödpriser gör folk oroliga. Kanske är det klokt att lyssna på massorna, försäkra oss om deras fortsatta lojalitet."

Kejsaren sjönk djupare ned i badet, så att även den onaturligt smala nacken doldes av ytan. "Hur mycket tjänar du?"

"Kejsaren är nådig nog att betala mig trehundra denarer per vecka."

"Bra, då kan soldaterna dela på det. Det borde lugna dem."

"Men kejsare!" utbrast legaten. "*Min* lön? Vad ska jag leva av!"

"Det ska du inte", sa kejsaren och reste sig ur badet och avtäckte så sin magra figur i all sin fullständighet. "*Praefectus praetorio*, döda honom."

Clemens var snabbt framme och ryckte upp legaten ur badet så att vatten skvätte åt alla håll. Med ett stadigt grepp om legatens ena fotled släpade han den gamle mannen längs marmorgolvet utan att bry sig om varken de sprattlande försöken att komma loss eller de desperata ropen om nåd.

Clemens stannade ett stycke bort i väntan på kejsaren, som aldrig missade en avrättning och som skyndsamt torkades och kläddes av en grupp slavar. När kejsaren var redo att se på, lyfte Clemens sina klövar över legatens ansikte och stampade tills bara en röd sörja återstod.

Och oliverna smakade fortfarande ingenting.

IV

I underjorden var de säkra, intalade sig Appia. Hon hade, efter att hon bestämt sig för att inte göra det, mött Lucius Turpilinus vid Forum en stund tidigare och låtit sig ledas ned i de katakomber som nyligen börjat byggas. Där hade hon hälsat på en viss Pollio ("Men kalla mig Annius", hade han sagt och med sin blick låtit henne förstå att det skulle hon absolut inte göra), och Lucius hade bett henne att välja en sarkofag för att slå sig ned.

"Jag står hellre", sa Appia, och krävde en förklaring till vad det hela egentligen rörde sig om.

Tyvärr höjde han bara handen och sa: "Vänta, jag förklarar när alla är här."

Hon lade armarna i kors och muttrade – hennes herre skulle bli rasande när hon kom hem sent ("Lugn", sa Lucius, "vi tar hand om det") – men strax satte hon sig på den hårda, kalla kistan och betraktade omgivningen. Dödskallar och ben och kroppar som bara nästan ruttnat – hon rös – men även skulpturer av knepig art och råttor som försiktigt nosade på hennes tår.

Sedan kom den alla väntat på. Han flög in i gravkammaren så snabbt att Appia hoppade till. Nej, förresten, hoppade gjorde förstås nykomlingen. På ett ben. *Gudar*, tänkte Appia, *det är en skuggfoting.*

"Där är du ju, Kezekem", sa Lucius och log brett. "Så

trevligt att du nappade på erbjudandet."

"Jag har inte nappat, amicus, jag är bara här för att lyssna. Så var snäll och berätta snabbt innan jag lämnar dig ensam med de döda och dina tvåfotade vänner." Han lade sig ovanpå en kista. Så lyssnade man bäst, tydligen.

Lucius klättrade upp på en trave benrangel så att han höjde sig över de andra. "Jag har samlat er i kväll för något alldeles speciellt, något som för all framtid kommer förändra mänsklighetens – och skiapodlighetens", tillade han när Kezekem harklade sig, "syn på vad som är möjligt. Ni har kanske hört om Gröne Gnaeus lotterier och vadslagningar, de som sägs vara anordnade till Fortunas ära. Ni har kanske också hört att den som gissar rätt på lotteriet eller den som kan pricka in varenda kapplöpning under ett år får hela potten i vinst. Pengar som samlats in under åratal av spel vid cirkusen. I dag uppgår summan till sjuhundrasextiotretusen denarer. Nå, jag föreslår att vi vinner dem."

"Sjuhundratusen!" utbrast Appia, som aldrig lyssnade särskilt noga på lotteriuppläsningen eftersom hon behövde göra sig själv och hästarna redo för loppet. "Så mycket pengar finns inte ens."

"Jag förstår", sa Kezekem. Han gjorde en gest med foten som fick Appia att känna sig som en skulptur. "Det där är Appia, eller hur? En av cirkusens kuskar? Vi ska spela på hennes lopp, spela på att hon ska komma sist och lura pysslingen? En bra plan, amicus."

Lucius log. "Sa jag inte att vi skulle vinna *allt*? Då räcker det inte att spela på förloraren. Dessutom är den som förlorar död. Jag har inte känt Appia särskilt många timmar, så förlåt mig, Appia, om jag har fel, men jag tror att du helst slipper bli nedtrampad av sisådär hundra hovar. Så nej, vi ska inte spela på hästarna."

Kezekem kliade sig på hakan med tårna. Han hade fem

tår, precis som en människa, men alla var stortår och tjocka och fyrkantiga och helt omslutna av grå naglar. "Vad i så fall? Spela på lotteriet eller vad? Ingen vinner på det, chansen är en på tiotusen."

Lucius tittade ned i sina händer och drog i varje finger. "Nå, låt oss tänka efter ... lotteriet går mellan nummer ett och nittiofyra, sex nummer dras ... första numret är en chans på nittiofyra, andra en på nittiotre, och hm ... ja, det är klart, ordningen är ju oväsentlig." Han såg upp. "Det blir en chans på åttahundrafjorton miljoner, inte sant?"

Appia stirrade på honom. *Räknade han ut det nu?* tänkte hon förskräckt. *Nej, han måste bluffa, eller?*

"Men amicus, kom till saken någon gång", sa Kezekem. "Om vi varken spelar på lotteriet eller kapplöpningen, hur ska vi då vinna pysslingens denarer?"

Lucius mungipor nådde nästan vårtan i pannan. "Vi ska stjäla dem."

***

Lucius satte dem in i detaljerna kring planen och gladdes över att han förvarnat Pollio, som aldrig skulle gått med på saken annars. Lucius förklarade hur Juno Monetas tempel myllrade av varelser, vaktat dygnet runt av otaliga pretorianer, och beskrev templets enastående skönhet. Präster flockades däromkring, men också myntslagare, ty i husen bredvid präglades Roms alla mynt och dessa och överblivna metaller förvarades i templet under sträng övervakning.

Någonstans där inne gömde sig även Gröne Gnaeus lotteripengar, undanstoppade på en plats som redan var säkrare än vad som var hälsosamt för ett gäng tjuvar.

"Nå, vilka är med mig?" frågade Lucius när allt var klarlagt. "Vilka är villiga att råna templet? Det här är er enda chans att säga ja. Men, *nota bene*, också er enda att säga nej."

Pollio nickade. Kezekem flinade där han låg och Lucius såg rakt ned på hans tjocka runda tänder. Lucius vände sig mot Appia, som suttit tyst under hela utläggningen av planen. Han såg tveksamheten i hennes ögon, men tänkte inte låta henne komma undan. Inte hon som kanske var viktigast av dem alla.

"Jag uppskattar inbjudan", sa hon trevande. "Verkligen, tack. Men det är omöjligt. Min herre skulle upptäcka det och straffa mig. Han upptäcker allt. En tjugondel av mina vinster får jag behålla själv, för att aldrig glömma mitt mål på banan. Jag behöver bara vinna ett par lopp så kan jag köpa mig fri."

"Nå, jag och vår goda gudinna erbjuder dig mer."

"Mer? Jag behöver inte mer. Jag behöver vinna."

Lucius bet loss en nagelbit. Jorden som följde med lämnade en besk smak i munnen. Han påminde sig om att sluta med ovanan och sa: "Jag kan erbjuda dig det med. Låt mig hjälpa dig vinna, en gång åtminstone, så får vi se om du fortfarande tvekar."

"Hur skulle du kunna göra det?" frågade Appia och såg uppriktigt nyfiken ut.

Ingen aning, tänkte Lucius men sa: "Det blir en lätt sak, tro mig."

Egendomligt nog nickade Appia. "När börjar vi?"

"Så fort vi frigivit vår sista medlem", svarade Lucius, och tillade när de andras frågande blickar övermannade honom: "Glömde jag kanske det? Vår gode vän, *snart* gode vän, Flamma. Ni vet den halvcyklopiska gladiatorn? Enögd? *Stor*? Äh, sluta spela dum, Kezekem! Han hålls fängslad i Circus Maximus källare. Får bara frisk luft när han slåss i cirkusen, sedan är det rätt ned i underjorden igen till kedjor och galler. Men vid alla gudar, Kezekem, inte *galler* – galler! Tydligen är inte alla slavar lika skötsamma som vår Appia. Nå, det kan inte hjälpas, vi behöver vår kämpe."

V

"Jag skulle vilja anmäla mig som frivillig gladiator."

"Som vad?" frågade dvärgen från vigilesgardet.

"Som gladiator", upprepade Lucius, samtidigt som han vid åsynen av äkta vara önskade att han lagt mer tid på sitt lösskägg. "Det är tydligen här de håller hus."

Vakten ropade upp en kollega från underjorden och förklarade att de hade en galning som ville bli inlåst.

***

Mörker och smuts. Circus Maximus källare påminde om katakomberna, men i stället för döda i kistor var där snart döda i burar.

"Vad flyr du ifrån?" undrade den nye vakten. En dvärg, som alla vigiles var, men hans välputsade hjälm korsades av en tvärställd plym av gult tagel. Han var gardets prefekt. Var inte det typiskt? Att Lucius stötte på *befälhavaren* över sina nära förestående fiender. Här nere av alla platser.

"Ingenting. Jag kände bara för att bli gladiator helt enkelt."

Prefekten grymtade och Lucius följde honom djupare ned i källaren. Svaga lågor fladdrade från facklorna längs väggarna, och medan Lucius och prefekten gick växte glåporden från de fångar som fick syn på sin fångvaktare.

"Alla flyr från något. Men om du kommit för att vinna ära är du fel ute. Vi har bara mördare här. Mördare och mordbrännare. Det finns inget bättre sätt att döma folk till döden på än via cirkusen. De har ingen ära, dessa avskum, det ligger ingen ära i att vara gladiator."

Lucius ryckte till när ett lejon kastade sig mot ett galler de passerade. Det röt och visade tänder och ruskade sin tjocka man.

Prefekten smällde till lejonet med bredsidan av sitt svärd och skrattade rått. "Och odjur har vi också. Men var inte orolig. Gallren är smidda av svartålsjärn. De är oförstörbara."

De gick vidare. Dvärgen vaggade fram. Hans breda axlar och runda mage bildade en kroppshydda betydligt tyngre än Lucius, och med plymen inräknad kunde Lucius inte ens glädja sig åt att för en gångs skull vara den långa.

"Hur kommer det sig att vigilesgardet vaktar en plats som denna?" sa Lucius. "Jag vet att dvärgar trivs gott i marken, men är detta inte under er värdighet, ni stolta brandmän?"

"Tror du inte vi hellre skulle jaga salamandrar om vi kunnat? Det gjorde vi förr, innan kejsaren kom till makten. Spetsade salamandrar på spjut och höll fest. De steker ju sig själva, de kräken, de har inget skydd mot den egna hettan när de är döda. Men den lilla skitsoldatstöveln till kejsare låter oss inte röra dem, det är som om han önskar att staden ska brinna."

"Jag förstår. Nå, jag kan hjälpa er med det."

"Hjälpa?"

"Ja, jag kan störta kejsaren åt er."

Prefekten spottade. "Jag hade fel, du flyr inte – du är faktiskt galen."

***

Appia gjorde i ordning vagnen. En större modell än vanligt, en som skulle räcka åt dem allihop. Det hade inte varit lätt att få ut den ur stallet utan att hennes tränare märkte något, men hon slapp åtminstone köra. Hon var alldeles för välkänd runt cirkusen, så Lucius hade funnit det säkrast att hon satt i baksätet den här gången. Och dessutom hade de något särskilt planerat.

"Jag förstår mig inte på vår ledare, amici", sa Kezekem när Appia lämnade över selarna. "Vi ska råna det där templet, visst, men är det då så klokt att först frige en gladiator? Och innan vi friger gladiatorn måste vi också frige ledaren själv? Det låter som en värre soppa än den jag åt från den där kocken ... vad var det han hette, *pe-någonting*? Ja, han som alltid lagade mat av elfenben."

"Vänta bara", sa Pollio. "Lucius vet vad han gör."

***

"Du avföda av Orcus!" skrek prefekten och gav Lucius en örfil med baksidan av handen. Kinden brände, och Lucius hann inte hämta sig innan han blev inknuffad i en cell.

"Nej snälla! Lämna mig inte här!"

"Lek med Flamma, han är en mördare av tolv. Ni kommer säkert bra överens."

Värst vad du var känslig då, tänkte Lucius belåtet medan gallret smällde igen och låset klickade. *Men det är ju sant, den där plymen gör att du ser ut som en tupp.*

Så var Lucius ensam med Flamma. Denne upptog nästan hela utrymmet i cellen, trots att han satt med korslagda ben på den packade jorden i ett försök att göra sig så liten som möjligt. Så här på nära håll var Flamma till och med mer skräckinjagande än när han slogs på cirkusen, trots avsaknaden av rustning.

Han stirrade på Lucius med sitt tallriksstora gula öga, nu inte dolt av hjälmen, och med sin breda mun sa han: "Dvärg här? Jag *hatar* dvärgar."

"Jag är ingen dvärg", svarade Lucius, som redan började ångra att han trampade druvor med en mördare, "även om jag råkar vara kortare än du. De flesta är liksom det."

"Jo", sa Flamma och pekade på Lucius haka. "Du dvärg."

"En enkel förklädnad, jag lovar." Lucius drog av sig skägget. Det kändes skönt att slippa all stickighet.

Flammas enda ögonbryn formades till ett *V.* "Förklädnad. Varför?"

De avbröts av prefekten som återvände. "Du fick mig att glömma en sak, avskum." Det rasslade när han letade efter rätt nyckel till låset.

Var tuppen tvungen att komma tillbaka? tänkte Lucius. Visade han sig utan skägg skulle prefekten förstå att något var fel – så dumma var inte ens vigiles – och han kunde inte gärna krafsa på sig skägget igen utan att bli upptäckt.

"Vad gäller det?" frågade Lucius med ryggen mot prefekten.

"Inget märkvärdigt. En ed som ska sväras. Du får följa med upp till cirkusen, det är där vi svär in de nya för att de ska känna in stämningen."

"Du dör om du går in", sa Lucius skarpt.

Bakom sig hörde Lucius hur prefekten småskrattade. "Tror du att jag är rädd för dig? Du kommer bli gladiator, för sent att ändra sig nu." Och låset klickade som om det blev upplåst.

"Nej, för mig är ingen rädd, men du borde vara rädd för halvcyklopen. Flamma berättade just hur mycket han hatar dvärgar. Hur han längtar efter att rycka ut hjärtat från en dvärg och tugga det i småbitar."

"Jag förstår." Det klickade igen. Åter låst. "Du kan förstås lika gärna sväras in här i cellen. Cirkusen är ändå tom på besökare i den här sena timmen. Säg efter mig ..."

"Jag svär", upprepade Lucius, "på att uthärda att bli bränd, att bli bunden, att bli misshandlad, att bli dödad av svärdet."

Prefekten skyndade bort. Lämnade Lucius och Flamma i fängelsehålan.

VI

"Nå, var var vi?" sa Lucius när prefekten var utom hörhåll. "Just det – jag skulle just hjälpa dig fly."

"Fly?" frågade Flamma.

"Ja, alla flyr från något, tydligen. Så bryt upp gallret här."

Flamma reste sig och böjde huvud och rygg för att inte slå i det murkna taket. "Bryta gallret? Du galen. Svartålsjärn – fyra människofingrar tjockt. Ett halvcyklopfinger tjockt."

"Jag är bara lite galen, tror jag. Men med tanke på hur många som kallat mig det på sistone kanske jag har fel." Lucius stack handen innanför tunikan. Fingrarna brände när de slöt sig om den iskalla men bekanta formen. "Det här är jadekristallen", sa han och höll fram stenen mot halvcyklopen som kisade i ett försök att urskilja den så mörkgröna lilla ädelstenen i underjordens svaga ljus. "Den lagrar en uråldrig egyptisk kraft som ger fantastisk styrka."

"Den? Vanlig sten. Bara gudar ger styrka."

"Var inte så tråkig och ta och pröva kristallen i stället. Dess magiska krafter är mer än tillräckliga."

"I så fall – du använder den."

Lucius gnuggade sig över ansiktet. *Det här var svårare än jag trodde*, tänkte han. "Jag är för svag för kraften. Du däremot är stark nog att överleva. Det vill säga, om du vågar."

En samling dova dunsar ljöd när Flamma slog sig för bröstet. "Klart vågar! Jag Flamma!"

"Just det", sa Lucius och räckte fram jadekristallen. "Slut din näve kring den. Känner du kraften stråla genom dina ådror? Känner du den?"

"Jag känner! Jag känner! Jag oövervinnerlig!"

"Använd den! Slå sönder gallret! Bryt dig fri!"

Med ett vrål som fick marken att skaka slog Flamma knytnäven i gallret och bitar av svartålsjärn flög åt alla håll.

Lucius tillät sig ett glädjeskutt ur cellen. "Jag sa ju det, min gode Flamma, jag sa ju det! Följ med, mot frihet!"

Flamma stod kvar innanför spillrorna av gallret med armarna i kors. "Vill inte."

"Du vill inte?" *Åh gudar, jag trodde vi var färdiga med övertalningen.*

"Jo – vill", förklarade Flamma. "Bara med Brontes."

"Brontes? Vi har inte tid att rädda fler gladiatorer."

"Brontes ingen gladiator", sa Flamma, varefter han gjorde något egendomligt. Han formade läpparna till ett O och blåste ut en gäll ton. En munter vissling som passade mycket illa i sammanhanget.

Sedan kom hon springande – nej, *slingrande*. Hon hade tassar, men dessa liksom rörde sig i sidled, ansiktet var likt en reptils med en lång kluven tunga, och svansen som en orm i sig; ryggen full med fjäll. En ödlevarg.

Hon skyndade sig fram till Flamma, gjorde små skutt och slickade honom på knäna.

Lucius rös. Han roades av att se vad gudarna kunde skapa, men det var något helt annat att se deras alster så *nära*. "Vid Dis Pater, är du kompis med dessa bestar?"

"Nej", sa Flamma. "Bara Brontes."

Så kunde de äntligen fly. De rusade genom gången

medan gladiatorerna i de andra cellerna stirrade häpet eller apatiskt efter dem.

Vigiles kom dem redan till mötes. De måste ha hört Flammas vrål, eller – tänkte Lucius roat – hans vissling. När vigiles fick syn på ödlevargen ryggade de reflexmässigt undan.

"Häng med", ropade Lucius och sprang in i en sidogång som han visste ledde upp ur källaren och ut till cirkusens baksida. Den gick brant uppåt, och trots att Lucius var så trött att han flera gånger slant i leran drog de ändå ifrån förföljarnas korta ben. Så dök det svaga stjärnljuset upp framför dem. Utgång, frihet ...

Blockerad av en dvärg. En välbeväpnad dvärg iförd en hjälm med gult tagel: prefekten. Tydligen var han inte en sådan räddhare som hans tidigare beteende hade fått Lucius att tro. Prefekten stod stadigt, utan att röra en min, och höll fram sitt svärd, det som kallades gladius – en svärdstyp som i storleken påminde mycket om honom själv – redo att sticka och vrida om.

Flamma kastade sig över honom. Attackerade med armbågar och slag mot dvärgens huvud, som om han slog ned en spik. Dvärgen lyckades vrida sitt svärd och Flamma grymtade och blödde från magen. Några slag till, och dvärgen låg utslagen.

Fångarna fortsatte. Det kunde inte vara mer än trettio steg kvar men Flamma rörde sig allt klumpigare. Förföljarnas rop växte i styrka. *De kommer stoppa oss*, insåg Lucius. *De kommer stoppa oss och jag kommer verkligen bli bränd och bli dödad av svärdet.*

Då kände han hur något slingrade sig mellan hans fötter. Ödlevargen vände tillbaka mot vakterna. Hon ställde sig i deras väg och morrade och väste. Och Lucius och Flamma var ute i den friska nattluften.

Vagnen stod redo, och förspänd framför den Kezekem med en blick så olustig att Lucius nästan ångrade att han tvingat skiapoden att agera dragdjur.

Pollio hjälpte Lucius upp i vagnen. "Hur gick det?"

"Det ser du väl", sa Lucius mellan flämtningarna som påminde honom om hur mycket han avskydde språngmarscher. "Vi är fria."

Vagnen gungade när Flamma klev upp, och det blev så trångt att Lucius hamnade i halvcyklopens knä. Lucius hade helst sluppit den saken, för Flammas gapande sår läckte så mycket blod att Lucius skulle behöva stjäla en ny tunika.

"Redo amici?" sa Kezekem. "Håll i er hårt."

"Nej", svarade Flamma, men innan de andra hann fråga vad som stod på hoppade ödlevargen upp i vagnen till vad som säkert skulle ha varit Flammas knä men som i stället blev Lucius dito.

När vigiles också dök upp frågade Kezekem inte en andra gång. Han sköt ifrån och hjulen skvätte jord och världen blev suddig av farten, och trots att han såklart måste ha rört sig via hopp skakade inte vagnen det minsta.

"Förlåt", sa Flamma, och till sin förvåning såg Lucius hur gladiatorns öga skiftade i färg från sprakande gult till dunkelt indigo. "Måste vända. Tappade den."

"Mhm", mumlade Lucius och knuffade försiktigt undan ödlevargen när denna sträckte ut sin slemmiga – giftiga – tunga och slickade Lucius på armarna. Sedan insåg han vad Flamma sagt. "Tappade vad?"

"Jadekristallen", erkände Flamma. "Magisk. Uråldrig egyptisk kraft. Borta."

Lucius rös – ödlevargen hade verkligen äckliga fjäll. "Jaså", sa han, "oroa dig inte. Det är en helt vanlig sten. Förlåt, men allt du behövde var lite självförtroende."

VII

Clemens var kallad till kejsaren. Inte kallad för att vakta honom, utan *kallad*. Clemens hade ingen aning om vad han gjort för fel, men något måste det vara för han kunde känna olusten hela vägen ned till klövarna.

Portar öppnades, stängdes; ensam med en kejsare på en tron.

"Du har ett nytt uppdrag, *praefectus praetorio*", sa kejsaren med sin vanliga tomma blick.

Clemens nickade lätt. Förhoppningsvis var inte det nya uppdraget att bli kastad åt lejonen.

Det var det inte. Men ganska nära, ändå. "Min blodtörstigaste gladiator, en jätte, eller cyklop eller vad han nu är, har blivit fritagen från Circus Maximus källare. Du måste hitta dessa tjuvar som stal honom från mig."

Stal en gladiator? Det lät helt galet. "Men kejsare ..."

"Jupiter", rättade kejsaren. "Jag är Jupiter, gudarnas konung, herre över blixten och himlens härskare. Så kalla mig det!"

"Okej, Jupiter, men är inte det ett uppdrag snarare för vigiles? Pretorianerna har viktigare saker att stå i. Som att vakta Ers ... Gudomlighet."

"De dumskallarna tappade ju bort honom från första

början! Vad gör du här fortfarande? Seså, iväg med dig, ditt odjur!"

***

Dvärgen blängde upp på honom. "Vad gör en pretorian här?"

Det var då ett väldigt tjatande om det, tänkte Clemens och sa: "Om du måste veta så är det för att reda ut era misstag. Och det är på kejsarens order så du gör bäst i att släppa förbi mig."

Dvärgen fnös, men lät Clemens gå ned för att undersöka brottsplatsen. Clemens förhörde de vigiles han stötte på, men alla sa de samma sak: att det kunde väl han skita i, att de inte snokade runt bland pretorianernas affärer, att han kunde ta sina bockklövar och stampa runt någon annanstans. Clemens hade god lust att informera dem om att tillhöra kejsarens livgarde inte direkt var något han ville, att de fauner som de romerska trupperna tillfångatagit inte hade något *val*, men det hade knappast hjälpt.

Till slut fann han en dvärg med blåslaget ansikte och torkat blod i skägget. Hans hjälm var tillbucklad och smutsig, men taglet var gult och han höll just på att putsa ren sin rustning. Vigilesgardets befälhavare, *praefectus vigilum*.

"Dina vakter är inte av den hjälpsamma sorten", sa Clemens, "men kanske kan du säga mig vad som egentligen hände här i går natt?"

"Känner du igen mig, Marcus Clemens?" frågade prefekten med en underligt läspande röst. "Vi möttes för tre år sedan. Jaså? Du minns inte? Det var vid kejsarens fest, den då vi firade att hans huvudvärk var borta, eller, som han sa, att han återvänt från de döda. Du var inte prefekt då, men jag minns hur du stod där och skrattade som alla andra. Nej, förlåt, inte som alla andra. Högre, våldsammare. Jag lade märke till dig då och sedan dess har jag följt din resa genom hierarkin på avstånd."

"Skrattade? Varför skulle vi skrattat?" Ärligt talat mindes Clemens inte mycket från tillställningen. Han hade druckit en – tre, fem, tolv – bägare vin den kvällen.

Prefekten log och visade sina, vad det verkade, nyskapade gluggar. Det förklarade läspandet. "Kejsarens män sydde in mig i en tjock lädersäck tillsammans med en huggorm, en apa och en tupp, och slängde oss allihop i en tunna kokande vatten. Jag vet inte om det värsta var vattnet som steg allt högre och brände allt det kom åt, apans skrik eller tuppen som vanvettigt pickade min kropp i mörkret, men ormen bet ett hål i sömmen och jag kunde slita mig loss. Förstår du? Straffad med *poena cullei* trots att jag ingenting gjort. Jag, som tjänat Rom troget och varit *praefectus vigilum* i tio år, offentligt förnedrad bara för att kejsaren krävde underhållning. Jag trodde att jag var på rätt sida lagen, att jag dömde och inte dömdes, men det finns inga regler kring kejsaren."

Ja, Clemens mindes nu, lite grand. "Jag är ledsen att vi fick en sådan dålig start, herr …"

"Thrakatulus."

"Herr Thrakatulus. Men jag hoppas att vi kan lägga det som är gammalt bakom oss. Vi måste samarbeta prefekter emellan och göra det som är bäst för Rom."

Thrakatulus tog sig för ögat, det högra. Tryckte till liksom för att stoppa de ryckningar han hade där. "Jag hjälper dig, men på ett villkor: att du skickar de avskummen till mig när du hittat dem."

***

En ung man hade anmält sig som frivillig gladiator och fastän det låtit vansinnigt hade Thrakatulus trott honom; mannen hade burit lösskägg, ett tecken, sa Thrakatulus, på att han flydde från något. Sedan hade han blivit slängd i Flammas cell och de hade flytt tillsammans med en ödlevarg i en vagn dragen av – ja, det sa prefekten faktiskt – en skuggfoting. Utöver lösskägget hade tjuven haft svart, lockigt hår och en vårta i pannan som var så stor att kanske inte heller den varit verklig.

Vilken styrka, tänkte Clemens när han betraktade det sönderslagna gallret, och plötsligt verkade Thrakatulus skador mer motiverade. *Men varför så mycket besvär för att frita en gladiator?* Clemens hade såklart hört talas om Flamma, Clemens hade till och med sett honom en gång då gladiatorn utan större besvär besegrat fjorton indiska guldgrävande jättemyror, men det var något helt annat att stå mitt i den oreda han orsakat.

Clemens var klar med cirkusen. Vagnen fångarna flytt med liknade tydligen hästkapplöpningarnas och han bestämde sig för att gå till de olika lagens stall för att höra om de saknade något.

På väg ut ur cellen kände han något under klövarna, något som sög sig fast och vägrade lossna. Efter att ha skakat benet flera gånger utan resultat gav han upp och böjde sig ned för att pilla bort det.

En sådan egendomlig sten, tänkte han och synade fyndet. Den var alldeles blank, utan minsta utbuktning, och hade en dovt mörkgrön färg. Den kunde förstås tillhöra någon vigiles, eller den stulna gladiatorn själv, men dess glans fick Clemens att tro att den var långt dyrare än vad någon av dem kunde ha råd med. Kanske var den tjuvens?

Clemens lade stenen i fickan. Stallen var inte den enda plats han tänkte besöka.

VIII

Appia hade vant sig vid katakomberna, det var hon tvungen att erkänna. Mörkret och tystnaden skänkte en egendomlig känsla av trygghet. Hon var inte ens orolig över sin herres vrede – han som ägde henne och lät henne tävla i kapplöpningarna som en investering. Nej, inte längre. I går natt hade han upptäckt henne när hon smugit sig tillbaka till sin sovplats men bara givit henne en kort blick och återgått till sitt arbete i talgljusets sotiga sken. Appia förstod inte hur, men på något sätt hade Lucius hållit vad han lovat och "tagit hand om det."

Nu hade de andra saker att ta hand om.

"Jag räknar med fyra veckor", upplyste Lucius gänget. De var samlade allihop, utom Flamma som skadat sig så kraftigt att han var tvungen att vila. "Fyra veckor innan vigiles hittar oss."

"Hittar oss?" sa Kezekem. "Nä, varför skulle de göra det?"

"För att om jag känner kejsaren rätt kommer han bli rasande över sin förlust av Flamma. Kejsaren kommer tvinga vigiles att söka igenom varje vrå av den här enorma staden, och deras befälhavare känner till mitt utseende."

Pollio harklade sig.

"Vad?" sa Lucius, och Appia kunde inte avgöra om hans

irritation kom från att han blivit avbruten eller från att han inte blivit det.

"Jo, jag har hört mig för bland mina kontakter", sa Pollio.

"Bra, det är ju det vi har dig till."

"Och pretorianernas prefekt, Marcus Clemens, blev kallad till kejsaren i går. De talades vid i ensamhet varefter prefekten besökte Circus Maximus källare."

Lucius bet på naglarna, efter en stund klättrade han vidare upp mot knogarna. Råttorna närmade sig, modiga av tystnaden.

"Pretorianerna vaktar Juno Monetas tempel och pretorianerna jagar oss ... nå, det verkar som om ödesgudinnorna har spunnit våra trådar till att mötas. Det där jag sa om fyra veckor – vi ändrar det till fyra dagar."

Fyra dagar! Nog för att Appia förstod att pretorianerna var farligare fiender än vigiles, men fyra dagar! Nyss hade hon levt som vanligt, riskerat sitt liv på cirkusen och aldrig hört talas om någon Lucius Turpilinus. Nu skulle hon råna ett tempel. Det kändes så absurt.

Lucius måste ha anat något i hennes ansikte, för han vände sig mot henne och sa: "Tro inte att jag glömt mitt löfte. Det här sätter större press på oss alla, men jag tänker fortfarande hjälpa dig vinna det lopp du traktar efter så."

Loppet ja, i övermorgon skulle det gå av stapeln. Appia försökte intala sig att det var oviktigt, att det inte spelade någon roll om hon vann, men hon hade kämpat efter seger hela sitt liv; för att hon blivit piskad och för att det varit hennes chans att bli fri. Rånet gav henne en mycket bättre chans, men det var en *annan* chans.

"Tack", sa hon och nickade.

Lucius gick vidare. "Pollio, fortsätt höra med dina kontakter. Diskret förstås, de vanliga metoderna. Kejsaren kan

komma att bli nyckeln för vår operation. Hör om hans planer
och om senatorernas inställning. Och vi måste hålla koll på
denne Clemens … Kezekem?"

"Va?" sa skuggfotingen. Han mosade en loppa med
fingrarna och snärtade iväg den genom luften. Appia såg att fler
klättrade på hans näsa. De verkade också hålla stormöte.

"Du trivs i skuggan, inte sant? Nå, jag vill att du skuggar
Clemens. Följ hans varje steg och släpp honom aldrig ur sikte.
Han ska inte kunna säga så mycket som *culpam poena premit comes*
utan att du lägger märke till det."

"Visst, visst, det är ju en ganska lång fras. Vad ska du
själv göra, amicus?"

"Jag ska ta hand om den sårade. Flamma är fortfarande
illa däran efter skadorna han fick av vigiles befälhavare. Han
kommer behöva några dagars återhämtning."

"Några dagar", insköt Pollio, "inte fyra hoppas jag."

"Jag ser till att det inte blir det. Tärningen är kastad, den
nionde dagen före *februarius* första dag rånar vi templet."

***

Lucius hade talat sanning, han skulle sköta om Flamma.
Halvcyklopen vilade i en insula Lucius hyrde i Suburra, området
där man blev rånad fem gånger på tre steg. Det var förstås
en trevlig utmaning att stjäla tillbaka det stulna, men ibland
önskade Lucius att han kunde bo lika fint som Pollio. Nå, det
fanns fördelar med Suburra också, som att man kunde släpa
dit en sårad halvcyklop mitt i natten utan att grannarna ställde
obekväma frågor. Och om fyra dagar behövde Flamma inte bara
kunna stå på benen utan också leva upp till sin roll som kämpe.

Men först behövde Lucius undersöka templet. Det var
fortfarande så mycket de inte visste, som inte gick att veta, som
de behövde veta.

Släpande steg uppför Capitoliums branta backar, förbi tempel efter tempel som utmärkte kullen som gudarnas hemvist, till Arx, den av murar befästa toppen av kullen, och så reste det sig äntligen: Juno Monetas tempel, i allt sitt majestät och i glittret av Apollos aftonstrålar. Byggnaden bars upp av vita marmorkolonner som omslöt den på alla sidor, och dessa var mejslade med sådan elegans att templet trots sin blygsamma storlek ändå var Roms vackraste.

Dagens ritual var just fullbordad. Där stod en präst vid altaret utanför templet, bredvid honom en flöjtspelare och en bredaxlad *victimarius* med yxa hängande slappt i ena handen. På altaret, rött av blod, låg huvudet från den vita tjurkalv som offrats till gudinnans ära.

Prästen sa några ord och åskådarklungan skingrades. Flöjtspelaren försvann med den, *victimarius* tog hand om tjurhuvudet och prästen rengjorde altaret. Lucius tog chansen.

Han stoppades redan vid porten, en dubbeldörr i bastant brons. Fyra pretorianer stod på vakt, med munnarna arbetande i en ständig idissling.

"Vad gör du?" frågade en av dem mellan tuggorna och piskade sin svans i luften.

"Jag?" sa Lucius i ett inte helt lyckat försök att spela förvånad. "Jag ska bara besöka templet."

"Ceremonin är utomhus, och dessutom avklarad. Gå till något annat tempel eller kom tillbaka i morgon."

"Statyn", försökte Lucius, "av Juno Moneta och hennes gäss, står inte den där inne? I hela mitt liv har det varit min dröm att få skåda vår främsta gudinna med egna ögon."

"Är människoöron verkligen så dåliga?" sa pretorianen och tog ett steg närmare Lucius. "Du ska försvinna härifrån. Jag gillar inte att upprepa mig."

Lucius backade av orden, och stötte emot den man som plötsligt stod där inlindad i en toga. Det visade sig vara prästen.

"Lyssna inte till pretorianerna", sa han och hjälpte Lucius hålla balansen, "en enkel dyrkare kan vi tillåta. Följ mig så visar jag dig. Hon är fantastisk, vår Moneta."

Pretorianen grymtade dovt när Lucius och prästen gick genom porten, och när Lucius räckte ut tungan åt pretorianen övergick hans läten till bittra svordomar.

Det var inte första gången Lucius besökte templet, men inne var det trängre än han mindes. Överallt låg metaller och bråte, och när en myntslagare med famnen full av denarer irriterat trängde sig förbi tjänade Lucius snabbt en bagares hela veckolön. Kanske borde han vetat bättre än att riskera allt för några mynt, men trots att det var fler pretorianer på ett ställe än Lucius trodde var möjligt, och hela templet liksom skakade av slamret av deras klövar mot stengolvet, var det ingen som lade märke till Lucius lilla stöld.

"Här är hon", sa prästen när de nått längst fram i templet.

Juno Moneta var skulpterad och målad av en verklig mästare. Hennes hållning var ståtlig där hon stod med en stav i ena handen och den andra mot midjan. Håret var uppsamlat och prytt med lagerblad och hennes svepande kläder såg så lätta ut, trots att de likt resten var av marmor. Vid hennes fötter fanns två gäss: den ena var halvvägs genom en flaxning, rest och med vingarna utfällda, den andra satt hopsjunken och stirrade tillbaka på Lucius.

"Vad vacker hon är", sa Lucius, vilket inte enbart var ett försök att upprätthålla bilden av hängiven dyrkare.

"Hennes namn kommer från att varna", sa prästen, som tycktes tolka Lucius ord som en inbjudan till utläggning. "För fyrahundra år sedan, under den galliska belägringen av Rom, försökte inkräktarna smyga sig uppför Capitolium i en djärv plan att överrumpla de tappra försvararna. Då, när allt var som mörkast, lät Juno Moneta sina heliga gäss frambringa ett fasligt kackel och försvararna var varnade. De höll ut tills befrielsearmén anlände och Rom fortsatte leva. Vi har henne att tacka för allt – tänk, vi skulle alla varit galler annars!"

"Mhm", mumlade Lucius, medan han i ögonvrån såg hur *victimarius* – den heliga slaktaren – lämnade sin yxa i ett förråd varefter han med en säck som droppade blod gick till ett hörn av templet. Där hukade han sig och knackade på golvet. Till sin förvåning såg Lucius hur en lucka öppnades och hur *victimarius* klev ned i underjorden.

Fem knackningar, tänkte Lucius.

"Och gallern slängde sitt svärd på vågen och sa ..."

"Vad gör ni med resterna?" avbröt Lucius.

"Resterna?"

"Ja, det måste vara en skaplig åtgång på kreatur på ett sådant här ställe, och inte var det någon som fick smaka där ute heller. Man brukar ju alltid få sig en smakbit av det som inte bränts till gudarna vid riterna. Men aldrig här, har jag märkt, aldrig vid Juno Monetas tempel. Vart tar allt kött vägen?"

Prästens blick mörknade. "Jaså, är det allt du är? En usling som tigger mat. Se upp med hur du tilltalar mig, annars kommer du snart upptäcka att Moneta upphört vaka över både dig och dina mynt. Ville du höra om statyn eller inte?"

"Förlåt mig", sa Lucius, varefter han genomled hela prästens explikation.

IX

"Nej", sa alkemisten och synade stenen närmare genom sin märkliga lins, "någon smaragd är det inte … var fick du tag på den?"

"Om det inte är en smaragd", sa Clemens och struntade i frågan, "vad är det då?"

Alkemisten mumlade och drog sig i sitt skägg av tång och sjögräs, vilket spretade över hela ansiktet och knappt lämnade plats åt annat än ögonen. (Vilka, passande nog, glimmade som ädelstenar.)

"Åh? Inget särskilt är jag rädd … det är nog bäst du gör dig av med den. Jag kan hjälpa dig, visst, du får tjugo quadrans för besväret när du ändå tagit dig hit."

Clemens skakade på huvudet. Han hatade att vara i alkemistens ruckel till stuga – där fanns stanker omöjliga att placera – men Clemens tänkte inte lämna den förrän han fått svar.

"Fyrtio då?" fortsatte alkemisten. "Inte? Okej, en hel denar!"

"Den är inte till salu."

Alkemisten bytte ställning och flätade samman sina fingrar. "Nu när jag verkligen tänker efter slår det mig att den kanske har någon form av ringa, minimalt pyttevärde ändå. Men det är svårt att avgöra hur mycket. Vi gör så här: du lämnar den hos mig för analys så återkommer jag om några dagar när jag kan ge dig en bättre uppskattning."

Clemens ryckte tag i alkemistens skägg – en lätt sak att rycka tag i – och höll upp honom i luften. "Tar du mig för en onocentaur? Försök aldrig lura mig, Chymes! Berätta allt du vet, annars skickar jag hela gardet för att ta hand om dig. De skulle alla njuta av tillfället, tro mig."

"Okej, okej, ställ bara ned mig!"

Clemens släppte och alkemisten landade med en duns på jordgolvet.

"Ja, jag erkänner", sa alkemisten och gned sig över sitt skägg. "Den är av jade. En mycket fin ädelsten. Ett högt värde."

"Bra, något mer?"

"Nej …"

En spark. Åh, så mjuk alkemistens mage kändes kring Clemens klövar.

Alkemisten tjöt. "Ja, ja, jag ska säga allt! Det är jadekristallen! Den uråldriga stenen de gamla egyptierna använde för att bygga sitt tretusenåriga rike!"

***

När alkemisten lugnat sig berättade han allt han visste om kristallen: att den var en legend bland hans bröder, eftersökt av alla men erkänd av få, att dess sammansättning var okänd men att teorier pendlade mellan svavelspäddа sjöjungfrutårar och stelnat lodjurspiss, och – viktigast av allt – att dess krafter var av sådan monstruös art att möjligheterna föreföll obegränsade.

"Ja", fortsatte han, genom sin exaltation glömsk av såväl sin egen ovilja att hjälpa till som av Clemens hotelser, "det var ingen slump att pyramiderna byggdes i Egypten. Ta Cheopspyramiden *ad exemplum*: basen är 440 gånger 440 kungliga egyptiska alnar, och höjden exakt 280. Multiplicerar man dessa med varandra – såsom babylonierna gjorde – får man 123 200 alnar. Tar du det gånger två får du 246 400 och multiplicerat med tio blir det 2 464 000. Och vet du vad som är 2 499 035 alnar långt och alltså enbart skiljer sig med 35 035 alnar i längd, det mystiska talet trettiofem två gånger? Avståndet mellan den stora pyramiden och Babylon naturligtvis! Låter det rimligt?"

Innan Clemens hann svara fortsatte alkemisten. "Naturligtvis inte, för en babylonisk aln är mindre än en egyptisk. Den egyptiska är längre med faktorn 737 över 51 860 och använder du i stället den blir avståndet exakt 2 464 000! Ett tecken från ovan, jadekristallen kallade på babylonierna, avslöjade sin position vid Cheopspyramiden!"

"Vad har babylonierna med saken att göra?" sa Clemens, som inte kände sig bara lite förvirrad.

"Ingenting. Ingenting och allting! Det är ju inte längre någon hemlighet att babylonierna, och i synnerhet kung Esarhaddon, var väl bekanta med planeternas rörelser ... de räknade ut avståndet till solen som 284 miljarder babyloniska alnar, vilket ju naturligtvis är 332 miljarder vanliga romerska alnar, alltså 99 miljoner äkta romerska mil. Vad spelar det för roll tänker du? Ja, i kungliga egyptiska alnar blir det 280 miljarder, alltså exakt en miljard gånger pyramidens höjd!"

"Hur vet du allt detta?" frågade Clemens, som visserligen hört ett och annat om Chymes lärdom men ändå var förvånad över hans stora kunskaper om sådant som knappast kunde tillhöra den alkemiska vardagen.

"Hur jag vet?" För ett ögonblick tycktes alkemisten osäker, som om han inte visste vad han skulle säga – kanske fick han slut på luft – men sedan hämtade han sig. "Det är allmän kunskap, till och med slavarna känner till det. Trodde du förresten att det var ett sammanträffande? Att kung Esarhaddon var så lärd inom astronomi och att det var han som slutligen krossade Egypten? Naturligtvis inte. Han hade personligen tytt stjärnornas rörelser och kände hur jadekristallen kallade på honom från Cheopspyramidens mörker. Det var därför han invaderade Egypten. Men när Esarhaddon blev galen och dog gick jadekristallen i arv till hans son ... ja, till Shamash-shumukin naturligtvis. Assurbanipal fick riket men Shamash-shumukin var äldst så kristallen måste gått till honom. Så den stannade alltså i Babylon några år till, men sedan är dess rörelser okända ... men det påminner mig! Hur fick *du* tag på den?"

***

Clemens gick därifrån med jadekristallen i ett krampaktigt grepp. Han litade inte på Chymes – och hade inte förstått hälften av vad alkemisten egentligen sagt – men Clemens trodde inte alkemisten vågade ljuga mer.

Tänk om det är sant, tänkte Clemens och sneglade på stenen utan att släppa greppet. *Tänk om den här gröna lilla saken både byggde upp det egyptiska riket och fick det på fall.*

Han ruskade på huvud och horn. Det verkade otroligt, men det var nog bäst att inte fundera för mycket kring saken. Det kunde inte vara nyttigt. Svaret på den verkliga frågan var fortfarande lika avlägset: gladiatortjuvarna var fortfarande höljda i dunkel. Stenen, jade eller ej, var ett dött spår. Återstod enbart att undersöka kapplöpningsstallen.

Eftersom han befann sig på Viminalen låg de vitas stall närmast. Det dröjde inte länge innan han knackade på deras port.

"Vid Neptunus, sluta kn..." Tränarens ansikte dök upp bakom portluckan. Det var gräsligt fult. "Jaså, en pretorian som besöker oss i den sena timmen. Varsågod och stig på, antar jag."

Inne luktade det hö och häst, fränt och unket. *Varför luktar det aldrig rosor?* tänkte Clemens dystert.

"Vad gäller saken?" frågade tränaren sedan han viftat undan två kuskar och några stallpojkar.

"Bara en inspektion", sa Clemens med en blick på kuskarnas illa dolda röda ryggar. "Det skedde en stöld häromnatten och tjuvarna flydde i en vagn avsedd för hästkapplöpning."

"Det har jag inget att göra med."

"Det är det ingen som påstått. Men ni kanske saknar något?"

Tränaren drog handen över sitt böldprydda ansikte. "Nej, nej, inte alls. Allt är här. Men hm, ja. Du borde kanske undersöka Hostus."

De avbröts av ett fasligt oväsen längre in i stallet. En häst gnäggade och stampade med hovarna och sparkade bakut. Andra hästar stämde in, och Clemens blev påmind om hur dumma och högljudda hästar var. Inte alls som getter.

"Vem där?" ropade tränaren. "Jaså, är det du", tillade han då en ung kvinna visade sig vid hästen. "Stick iväg!"

Clemens kastade en blick efter kvinnan. Hon hade tjockt hår knutet i nacken och ögon likt berg som reste sig ur havet. Ännu en kusk, verkade det som.

Stackare, tänkte han, *att leva så här*. Clemens förebrådde henne inte, förmodligen var tjuvlyssning det enda nöje hon hade. Hästkapplöpningarna var nog motsatsen.

"Ja, alltså Hostus", upprepade tränaren, "de grönas stjärnkusk. Det är något skumt med honom."

Clemens sa adjö. Det var uppenbart att tränaren skyllde på denne Hostus för att göra sig av med konkurrensen, men kanske var det ändå värt att avlägga ett besök hos kusken.

***

Appia följde pretorianen ut med blicken och tackade gudarna

för att hon och Pollio fått tillbaka vagnen i säkerhet i går natt utan något strul. Försiktigt vågade hon sig tillbaka till tränaren.

"Vad gällde det där?"

"Va? Är du kvar ännu? Jag sa ju åt dig att sticka, annars hämtar jag piskan! Och vad det gällde ska du skita i."

X

Insulae – de rangliga byggnaderna som förpestade hela Rom hade fått sina namn efter hur gatorna gled runt dem likt floder kring en ö. Första gången Lucius hyrt en insula hade han varit glad över att ha fått ett rum på översta våningen. Där var både bättre utsikt och mindre risk att få någons exkrementer i huvudet.

Glädjen hade blivit kortvarig.

Takhöjden störde inte Lucius särskilt mycket – han klarade sig bra från den nackspärr som den sporadiska besökaren genast drabbades av – men han hatade skadedjuren. Tagglarver, vinglösa flugor, kackerlackor – de klättrade alla uppåt. Varje steg åtföljdes av knastrandet från deras kroppar och de som hängde i taket ramlade ned i hans ansikte när han försökte sova.

Lucius hade bara bott i insulan några veckor innan den brunnit ned. (En salamanderattack; det sas att branden inte varit särskilt omfattande men en sjundedel av staden hade brunnit den natten – det hade bara råkat vara den sjundedel ingen brydde sig om.) Hans andra insula hade varit omöjlig att skilja från den första. Möjligen luktade den inte lika illa, men Lucius misstänkte att det berodde på att de tunna väggarna gjort honom förkyld.

Efter tre ovanligt stilla och lugna dagar rasade hans andra insula samman. Den tjocke senatorn som ägde den kom dit och jublade över att han kunde bygga en ny och kräva högre hyra.

Så fortsatte det – brand, brand, kollaps, kollaps, brand – och Lucius fortsatte trampa på kackerlackor på översta våningen.

Det var till sin nuvarande insula, en koloss av lersten, som Lucius var på väg; han gick över gårdsplanen och väjde för bökande grisar och lortiga barn som jagade ankor. Inne fanns flera rum, men som vanligt passerade Lucius dem för att bestiga den trappa som gick centralt genom byggnaden. Trots att han höll för näsan kunde han inte undkomma stanken av gris, om natten togs djuren in för att leva tillsammans med hyresgästerna.

På översta våningen fanns två dörrar mittemot varandra. Lucius gick fram till den ena och öppnade.

Den madrass Flamma låg på hade spruckit av tyngden och vasstrån stack upp runt hans figur som om de växte vid kanten av en sjö. Nåja, madrassen var ändå alldeles för liten för honom.

”Jag visste inte riktigt vad halvcykloper äter”, sa Lucius ursäktande och lämnade över en säck med fårkött och fårmjölk.

Flamma grymtade något och halvsatte sig. Det förband Lucius lagt var rött. Samtidigt som Flamma högg in på maten tassade – slingrade – sig ödlevargen fram med sin kluvna tunga halvvägs ute ur munnen. Flamma slängde en bit kött åt djuret och Lucius höll sig på behörigt avstånd.

”Hon är inte mycket till vakthund, din best”, sa Lucius. ”Kommer bara fram när det vankas mat.”

”Vi lika där. Brontes och jag”, svarade Flamma medan fett rann ur hans mun och ned längs hakan. ”Brontes älskar mat. Mer än allt.”

Detta påstående visade sig dock snabbt vara diskutabelt då Brontes släppte sin köttbit, rusade fram till Lucius och glatt slickade de denarer Lucius kommit över i Juno Monetas tempel. Lucius, som genom detta fylldes av en ostoppbar givmildhet, tömde snabbt sina fickor och lät ödlevargen slemma ned sina nya ägodelar i fred.

"Och blanka saker", tillade Flamma. "Älskar hon också."

"Jag borde gå", sa Lucius i det han försiktigt tog några steg från ödlevargen, rädd för fler påhopp. "Du ... ni verkar klara er bra själva."

Flamma blinkade ett par tre gånger, och hans öga gick från gult till brunt. "Du tror vi djur. Inte bara Brontes. Mig också. Monster."

"Nej, Flamma, nej ..."

"Stämmer kanske", fortsatte Flamma. "Jag kanske monster. Dödade kanelhandlarna. Tolv stycken. Slog in skallar med nävar. Men du ska veta – bra anledning."

"Vad hände?" sa Lucius och ångrade sig genast. Han var inte på lyssningshumör. (Han var aldrig det, egentligen.)

"Sitt", uppmanade Flamma.

Lucius avböjde inbjudan, han ville inte komma närmare skadedjuren än nödvändigt, men Flamma inledde ändå sin berättelse.

"Uppväxt i syriska öknen, nära Palmyra. Karg värld: het, oförsonlig. Vacker. Bergsmassiv över horisonten. Gyllenbrun sand som härlig matta. Bara grästuvor trycker upp. Ensamma. Och djur. Antiloper med horn längre än ben, skär likt sågar. Genom allt – utom Eufrats träd. Bävrar med sexton tänder. Örnar svävar högt. Ögon så starka de stirrar mot solen. Utan blinka, utan missa. Dipsorna – fruktansvärda giftormar. Du ser dem, redan trampat på dem. Känner hugg, redan död. Parder, prickiga och snabba. Kameler, dumma – bara dricker brunt vatten. Men pucklar större än ryggar och ögon i svansen. Jaculus, fjäderprydd orm. Kastar sig mellan trädtoppar. Sköldpaddor med starka skal. Tjock sten mot, duns duns, de håller. Men i sommarregnet de spricker. Och förstås, majestätiska, storslagna, underbara, heliga – T'rrch'un."

"Trr... vad?"

Flamma fick något blött i ögat. En tår kanske, men den var stor som en denar. "Kanelfåglar, kallar ni dem. Enorma. Röd stjärt, ättlingar till Fenix. Bygger bon av kanelstänger. Högt upp. Få träd klarar storlek. Kanelhandlarna vill åt bon. Smula sönder. Göra krydda. De klättrar upp – men fåglarna pickar händer. Ramlar. Bryter varje smutsigt ben."

"Lika bra det", sköt Lucius in för att göra halvcyklopen nöjd.

"Ja. Men kanelhandlarna slutar inte. Av afrikanska köpmän – importerar levande elefanter. Slaktar djuren. Skär dem. Stora blodiga bitar. Köttet slänger de på marken. Kanelfåglarna dyker ned, norpar bytet. Tar med till bon. Tyngden gör bon faller till marken. Då fritt fram för handlare. Roffar åt sig kanelen."

Flamma hejdade sig ett ögonblick och hans öga skimrade rött. "Vad händer då? Vet du? Fåglarnas ägg tusen bitar! Därför jag gladiator. Därför jag mördare. Såg tolv handlare. Kanel i händerna."

Lucius kände sig tvungen att säga något. "Jag ..." började han.

Det knackade på dörren.

Knackade! Hårda bestämda bankningar. Varför skulle någon knacka på deras dörr? *Ingen* borde knacka på dörren! Lucius hade inte ens hört några fotsteg.

Han signalerade till Flamma att vara tyst, och denne hade redan gripit tag i Brontes käft för att hålla djuret stilla. Försiktigt tassade Lucius bort till det lilla fönstret och öppnade luckan. Han trängde sig ut med fötterna först; några steg nedför väggen, ett hopp, och landade på rumpan så att leran skvätte över gårdsplanen. En gris puffade på honom med sitt tryne.

Lucius sköt ifrån sig grisen, gick in och smög uppför trappan. Mycket riktigt, det stod någon utanför hans dörr. Någon med bara ett ben.

Vid Dis Pater, vad gör Kezekem här?

Lucius gick upp för att skälla ut honom. "Vad tar du dig till? Du får *absolut* inte komma hit! Vi vill inte väcka någon uppmärksamhet. Och sa jag inte att du skulle skugga Clemens?"

"Det är det jag gör", viskade skiapoden, hyn ännu blekare än vanligt. "Clemens är på väg hit."

XI

Sex år tidigare

Lucullus trädgård var Roms mest exotiska plats. Fylld med överdådiga byggnader, bad, målningar, skulpturer, fiskdammar och – naturligtvis – växter, fick den till och med kejsarens palats att blekna i jämförelse. Efter Lucullus död nästan hundra år tidigare hade trädgården snabbt vandrat mellan de medlemmar av Roms elit som hade råd att betala dess underhåll innan den slutligen hade köpts av dess nuvarande ägare, Valerius Asiaticus.

Köpet hade varit en skandal. Asiaticus var en blem, han saknade huvud och hade ansiktet på kroppen, och då han härstammade från Gallien var han inte en sann romare, men saken glömdes snabbt när Asiaticus först blev senator och sedan senatens ledare genom att utnämnas till konsul.

För Lucius del kvittade det vem som råkade äga trädgården, så länge han kunde snylta på det den hade att erbjuda. *Så onödigt att låta naturens gåva gå till spillo*, tänkte han medan han mumsade på en pallad citron. Den smakade surt, men åtminstone inte lika surt som cedraten han plockat dagen innan, och som hade fått hans mun att brista ut i våldsamma protester. Han passerade det mytomspunna körsbärsträdet och kastade trånande blickar efter dess nakna kvistar – ännu var det inte rätta tiden för körsbär. Trädet var Roms första körsbärsträd, för länge sedan importerat från provinserna vid Svarta havet, och trots att det genom åren gjorts otaliga försök att få det att sprida sig hade inga andra körsbärsträd trängt upp ur den romerska myllan.

Det var bara några veckor sedan Lucius kommit till Rom, ensam i den stad världen kretsade kring, men det hade inte dröjt länge innan han förstått vad han behövde göra i sitt nya liv.

Som kvällsrutin, efter att ha försörjt sig på stadens trängsta gator, brukade han ta sig till trädgården för att besöka det storslagna bibliotek som var beläget där. Varje gång frågade han de stela gamla lärda ifall han tilläts läsa några papyrusrullar, kanske om filosofi, matematik, juridik eller ekologi, och de lärda fnyste alltid åt hans begäran och påpekade att bibliotekets unika samling var till för medlemmar ur de nobla familjerna, inte smutsiga gatubarn som knappt nådde upp till hyllorna.

Nåja, frågan fick honom åtminstone att känna sig mer ärlig när han norpade texterna framför deras dimmiga ögon.

I kväll hade han fått tag på två rullar som han ivrigt läste där han satt i det hemliga rum han hittat i bibliotekets mörker. En behandlade matematiska problem, men den tröttnade han snabbt på eftersom han hela tiden behövde doppa sin vasspenna i mer bläck för att rätta alla de fel och brister han upptäckte. Den andra var mer intressant: ett bestiarium som listade alla möjliga typer av odjur och deras fruktansvärda krafter.

Fauner, läste han långsamt och med stort besvär i skenet från ett ljus, *ofta kallade getmän. Underkropp likt getter, ben synnerligen kraftfulla, svans medför god balans. Överkropp likt människors, dock med bättre blodcirkulation. Huvud med spetsiga öron och mycket kraftiga horn. Härstammar från den heliga hackspetten Picus, Saturnus son. Ursprungligen från de vilda skogarna öster om Rhenus; tillfångatagna under fälttåg av kejsar Augustus och genom hans gudomliga makt förvandlade till Roms mest ärofyllda krigare, de kejserliga pretorianerna.*

En detaljerad illustration nedanför de snirkliga bokstäverna visade en faun iklädd glänsande rustning och röd mantel. Likheten med de pretorianer Lucius sett patrullerande på stadens gator var slående.

Han fortsatte i rullen. Nästa odjur saknade text och illustrationen var vagare. Bara något slags grå massa med streck åt alla håll. Lucius följde de skrovliga strecken med fingrarna, de ledde till en klump i odjurets mitt. Han rynkade på näsan. Det låg något kusligt över bilden.

Han skakade på huvudet. Det var inte för att lära sig om odjur som han tagit sig till biblioteket just i dag; det rörde det egendomliga han varit med om i går. Under Lucius vanliga runda på Forum hade en köpman bett honom ta sig en titt på hans varor – och med varor menade han en grön liten sten.

"Varför?" frågade Lucius, men närmade sig ändå köpmannen. Det var något lockande över denne, hans röda kappa och platta, mustaschprydda ansikte hade ett slags mystiskt sken.

"Den skänker tur, lilla pojke", sa köpmannen med en brytning Lucius aldrig hört tidigare.

"Tur?" Det lät användbart.

"Eller otur. Eller ingentig. Jag minns inte. Det är nog inte så noga. Kanske falskt, kanske sant. Blixtar, mulet, den har egen vilja. En egyptisk kristall av ren jade."

Det enda Lucius visste om Egypten var att drottningen som en gång styrt där hade en näsa så stor att den skymde resten av ansiktet. Men köpmannens näsa var motsatsen. En bedragare, säkert.

"Du är inte egyptier! Och inte romare heller, det ser jag på kläderna!"

Köpmannen log. "Vem har påstått det? Jag har rest vida omkring i denna värld på jakt efter de mest fantastiska tingestar, och nu säljer jag den mäktigaste just till er, här i Roms hjärta."

Det var naturligtvis rent påhitt, det hade Lucius förstått på direkten, men stenen var så vacker att han inte kunnat motstå impulsen att spendera de slantar han tjänat från torgets fickor.

Om jag bara hittade någon rulle om geologi, tänkte han och betraktade gårdagens köp, *eller åtminstone om Egypten. Vad som helst som kan hjälpa mig att förstå.*

Det knakade bakom honom. Instinktivt drog Lucius stenen till sig. De båda rullarna gled ned på golvet.

"Vem är du, som vågar befläcka mitt personliga rum?"

Iklädd den mest ståtliga toga Lucius någonsin sett – skinande vit och med ränder av purpur – trädde en blem in i det dunkla rummet. Togan var skuren framtill, och ett ansikte avtecknade sig där: hårda, svarta ögon över bröstet, spetsig, knivlik näsa nedanför, tunn, spänd mun över magen. Lucius såg ofta blemmer på gatorna, där de fånade sig och gjorde pruttljud efter passerande ur nobiliteten, men det var tydligt att den här blemmen hade en helt annan typ av värdighet.

Lucius blev kall när han insåg vem det var. "Åh, nej, nej, snälla herren, snälla. Jag visste inte ..."

"Och kladdat har du gjort!" röt Valerius Asiaticus när han fick syn på matematikrullen. Han plockade upp den och viftade med den framför Lucius. "Vet du hur dyra de här rullarna är?"

"Jag, nej, nej ... förlåt, men det var fel."

Asiaticus hejdade sig och stirrade på rullen. Efter en stund höjde han ögonbrynen mot nyckelbenen och muttrade: "Hm, kanske. Men det är ingen ursäkt för att bryta sig in. Vänta tills din familj får höra om det här. Vem är din far? En senator?"

Lucius tittade ned i golvet. Han försökte tränga undan bilderna från dagen då det inträffat. Dagen då de romerska soldaterna hade kommit. "Jag ... har inga. Inga alls, ingen familj."

Asiaticus studerade rullen igen. De flesta blemmer gick med krökt rygg och axlarna nedsjunkna, men Asiaticus hade en stolt hållning som trots avsaknaden av huvud fick honom att se längre ut än många storvuxna män. Han verkade fatta ett beslut. "Var inte orolig. Du kan stanna här i natt."

"I biblioteket?"

"I min villa. Slavarna ordnar en säng åt dig. Jag tar hand om dig, för tillfället. Det finns ett och annat du behöver lära dig."

Det kanske faktiskt är sant, tänkte Lucius och släppte sitt krampaktiga grepp om stenen. *Den kanske skänker tur, trots allt.*

XII

Clemens hade hittat dem. Lucius förstod inte hur men det fanns ingen tid att fundera över saken. Och det var omöjligt att fly – Kezekem hade sagt att Clemens inte var långt borta och Lucius tänkte hur som helst inte lämna Flamma i sticket.

Lucius och Kezekem skyndade sig in i insulan. Flamma hade rest sig från den spruckna madrassen och stod med ryggen vikt för att få plats. Han höll om magen och vacklade, men hans nävar var knutna, redo att slåss. Fotsteg hördes från trappan. Inte vanliga fotsteg. Precisa, tyngre dunsar – klövtramp.

Så var han uppe, fienden, Clemens. Han som kunde stoppa allt. Lucius kunde inte hålla sig: han höll dörren på glänt och kikade ut.

Clemens stod med ryggen till. Visade sin mantel och den tjocka päls som stack upp ur rustningen. Han öppnade dörren mittemot.

Va? tänkte Lucius. *Bor han här?*

Lucius höll förstås inte särskilt bra koll på sina grannar – omöjligt när han flyttade så ofta – men han blev ändå förvånad över att pretorianernas prefekt bodde på ett sådant ställe. Lucius hade alltid trott att kejsarens livvakter fick rikligt betalt.

Clemens måste ha hört något för han vände sig om. Ett ansikte med horn, bockskägg och två glödande röda ögon stirrade tillbaka på Lucius genom dörrspringan.

Upptäckt. Där kunde han inte stå kvar som en spion.

Lucius svepte ned en lock framför pannan, öppnade och stängde sin dörr, nickade till Clemens och sa: "*Salve.*" Varefter han gick nedför trappan i takt med sina bultande hjärtslag.

Clemens hälsade tillbaka och gick in till sig.

***

Ratsch, ratsch, och ryggen sved.

Så var Appia på väg tillbaka till sin herre igen. Genom Roms gator. I blåsigt vintermörker. I morgon skulle det gå av stapeln, loppet. Det första sedan hon mött Lucius och hans kamrater. Det första där hon skulle få *hjälp.* Hur visste hon inte. Hade de mutat kuskar? Saboterat vagnar? Mixtrat med hästportarna? När hon frågade hade Lucius bara bytt ämne, men hon hade inte mycket annat val än att lita på honom. Det kändes fel att fuska, men Appia antog att det var en känsla hon skulle behöva vänja sig vid. Hon skulle ju råna ett tempel, trots allt.

Hennes herres hus låg på kullen Caelius, byggt som det anstod den senator han var. Appia smög in – en ny vana, redan väl befäst – trots att hon egentligen inte behövde det eftersom hon faktiskt återvände från sin träning i rätt tid.

Det var därför hon hörde dem tala.

Ljuden kom från en dörr – en sådan som alltid var stängd och som Appia förstått att hon aldrig skulle öppna. Det gjorde hon inte nu heller, men hon satte örat emot och lyssnade.

Tjuvlyssnade. Var hon en tjuv ännu? Snart en rånare.

"Han är värre än någonsin." Appia kände igen den låga, sammanbitna rösten som hennes herres. "Vad kan man göra mot sådan galenskap?"

"Det finns en sak vi kan göra", svarade en annan röst,

vilken lät märkligt lik hennes herres.

Tystnad. Sedan talade hennes herre igen. "Försöker vi det, farbror, är vi minst lika galna. Kejsaren är omöjlig att komma åt."

"Kanske är han inte det. I går fick jag besök av en främling. En egendomlig figur. Egendomlig klädsel, egendomlig brytning – men han var mycket övertygande. Vi är inte ensamma i det här. Främlingen nämnde flera intressanta namn."

Appia kände en hand på axeln. Hon snurrade runt – redan i tanken förbannande sig själv över att ha blivit påsmugen under sitt eget smygande – och fann sig stå öga mot öga med Pollio.

"Pollio!" väste hon. "Vad gör du här?"

"Jag lyssnar", viskade han och satte fingret framför munnen.

"Bra namn", fortsatte hennes herre från andra sidan dörren, "men jag blir faktiskt förvånad över att du inte nämner exkonsuln Valerius Asiaticus. I hela Rom finns väl ingen som hatar kejsaren mer än han. Inte sedan det kejsaren gjorde mot hans fru."

"Vi kanske ska vara glada över att han inte är tillfrågad. Det är klokt att ha mäktiga vänner, brorson, men aldrig så mäktiga som Valerius Asiaticus. Vem kunde för sex år sedan tro att en blem skulle bli konsul? Det borde vara omöjligt – Jupiter, det *är* omöjligt – men Asiaticus blev det ändå. En sådan person vill vi inte ha att göra med, varken som vän eller fiende. Jag fruktar att frestelsen skulle vara honom alltför stor när det är över. Och det har vi ju inte råd med, eller hur?"

De småskrattade och samtalet dog ut. Steg närmade sig dörren.

"Fort!" sa Pollio. Onödig uppmaning förstås, hon var snabbare än han uppför trappan och bakom hörnet däruppe. De kikade ned mot dörren som just öppnades.

"Adjö då, farbror", sa hennes herre.

"*Bonum vesperum.*"

Besökaren gick, och Appias herre vred på huvudet. Han såg rakt på henne.

Ingen förvåning, ingen ilska, bara ögon som mötte hennes och kändes som piskans slag mot ansiktet. Sedan fick han syn på Pollio – som flåsade henne i nacken – och hans blick hårdnade.

"Annius! Vad gör du, min son? Kom genast ned. Jag har ju sagt åt dig att inte beblanda dig med slavar."

XIII

Clemens var på hästkapplöpningen. Det som han, vid sidan av gladiatorspelen, avskydde mest av allt i hela världen. Rent barbari, onödig tävlan och onödig död. Det påminde om tillfångatagandet.

Resten av Rom var också där. Skrikande, ätande, sovande. Den vanliga blandningen av hög som låg. Clemens satt inte långt från kejsarens loge, men han var inte där i egenskap av livvakt – i dag skulle han spana.

Pysslingen med sina gröna kläder och brandgula skägg läste upp numren. Lotteriet hade nästan blivit mer populärt än tävlingarna, men Clemens fann det inte mycket bättre.

Kejsaren kastade näsduken.

Kuskarna piskade sina hästar; de red första kurvan, andra kurvan, och var tillbaka där de började. Första varvet avklarat. En ensam kusk med vit mantel drog ifrån resten.

Ser man på, tänkte Clemens när han kände igen den kvinna som tjuvlyssnat vid hans utfrågning av de vitas tränare. *Det verkar som din tränares metoder lönar sig.*

Hon gick en klar seger till mötes. Motståndarna trängdes bakom henne med utfall efter utfall mot varandra som – fastän bara en hade kraschat – försatte dem i ett tillstånd där de omöjligen kunde hinna ifatt ledaren.

Trodde Clemens. Men en grön kusk bestämde sig för att visa hur lite Clemens faktiskt kunde om sporten. Hostus – för det måste varit kusken Clemens blivit varnad för – red genom stormen av fiendepiskor och bröt sig fri från klungan med sina svarta hästar.

Ett varv kvar, vit fortfarande i ledning. Supportrar skrek: "Appia! Appia!" Kanske lät hon sig förblindas av ropen, kanske hade hon tagit ut hästarna för hårt, för plötsligt var Hostus jämsides.

Ropen övertogs av de gröna. "Hostus! Hostus!" Och riktades till och med mot en av hans hästar. "Incitatus! Incitatus!"

På upploppet gled Hostus förbi och vann.

***

Appia var så arg över att hon förlorat att hon glömde tänka på att hennes herre var Pollios far. Eller snarare, hon förlorade för att hon bara hade tänkt på just det.

Och för att hon inte fått någon hjälp. Lucius hade inte gjort ett skvatt. Hade han ens varit där? Han hade *lovat*.

Vad trodde du egentligen? tänkte hon, irriterad på sig själv. *Att han skulle hoppa ned framför hästarna och hindra dem med en beräkning?*

Men han hade lovat. Precis som han lovat att de skulle råna Juno Monetas tempel. Det skulle aldrig gå.

Han stod utanför cirkusen och väntade. Trots att hon bytt om till vanlig klädsel och trängdes med tiotusentals andra som lämnade cirkusen samma väg, fick han syn på henne och vinkade ivrigt. Kanske var det för att Pollio stod bredvid honom, tydligen var den goda blicken något av ett släktdrag. Hon ville inte gå fram till dem, men hon gjorde det ändå.

"Nå, det gick ju bra", sa Lucius och log ett snett leende även om han verkade en smula orolig över allt folk runtom dem.

"Bra? Vi förlorade. Nej, *jag* förlorade – du var inte där!"

"Äsch, jag menar bra som i att du inte föll av vagnen och blev nedriden. Det hade satt käppar i hjulet för vårt arbete, om du ursäktar uttrycket."

Appia hade ingen lust att ursäkta Lucius för någonting.

"Du behöver inte vara orolig", fortsatte Lucius, "vår skiapod skuggar fienden. Clemens förstår fortfarande inte vad som händer."

"Som jag då? Som också hålls ovetande om alla hemligheter? När hade du till exempel tänkt berätta att min herre är Pollios far?"

Vid detta blev Pollio röd som en grekisk jordgubbe. En sådan som i trolldryck enbart var för smakens skull.

"Jaså?" sa Lucius och kastade blickar mellan de båda. "Den saken är känd nu? Ja, jag undrade just hur länge det skulle vara hemligt. Om jag ska vara helt ärlig blev jag faktiskt förvånad över att ni inte kände igen varandra direkt. Det förstås, Pollio kände ju igen dig, men du kände inte igen honom. Jag antar att dina träningar i stallet tagit alltför mycket av ditt liv för att du ska kunna hålla koll på alla som springer hemma hos Vinicianus. Nå, då kanske det passar att avslöja resten också. Hm, alltså varför det inte var viktigt att du vann i dag."

Och Appia tyckte faktiskt han verkade ... förlägen? Åtminstone tveksam.

"Jag slöt ett avtal med din herre", sa han med ögonen riktade överallt utom mot henne. "Eller, inte *jag* förstås. Annius Vinicianus är inte särskilt förtjust i mig. Jag bad en vän om hjälp med saken – han gillar att klä ut sig – och genom honom köpte jag dig under förutsättning att du kunde fortsätta bo kvar."

Appia kände bara tomhet. "Hur ... när?"

Nu hade Lucius stadigare blick. "Redan från början är jag rädd. En del av planeringen. Gudarna ska veta att du inte var billig, flera hundra denarer. Att jag inte spelade bort dem ..." Han skakade på huvudet. "Dis, det är min största bedrift någonsin. Men det var nödvändigt att köpa dig, risken fanns att du inte skulle tackat ja."

"Och då skulle du tvingat mig? Tvingat mig att råna ett tempel, jag som är din slav?"

"Vad tror du egentligen, Appia? Självklart är du inte min slav. Det var bara avsett som en muta. En onödig muta, visade det sig. Du är fri."

Appia orkade inte mer. Orkade inte prata, orkade inte se Lucius eller Pollio mer. Hon sprang.

Bakom sig hörde hon Lucius röst. "Appia vänta! Du måste! Det måste vara du! Jupiter ..."

Appia struntade i Lucius. Varför skulle hon fortsätta lita på honom, så som han ljugit? Varför skulle hon göra något alls? Hon var fri.

Fri.

***

Clemens skyndade på stegen. Hostus återvände till sitt stall själv, hästarna ledda av någon annan, och Clemens tänkte inte låta honom smita undan. Inte han som vunnit igen, trots underläget och motståndarnas attacker. Ingen var så bra, inte ens på något så meningslöst som att rida. Något var fel och Clemens tänkte ta reda på vad innan Hostus träffade någon mer.

Och kusken verkade faktiskt uppträda misstänkt. För varje steg kastade han en blick bakom ryggen, som om han kände på sig att han var förföljd, men utan att notera förföljaren. Clemens kände till hans sort, så upptagen av sina tankar, så upptagen av flykt, att varje blick bakåt bara var en del av processen, något som följde med per automatik, utan förståelse för vad ögonen såg.

Vilken dumskalle, tänkte Clemens roat med tanke på hur hans egen gestalt måste sticka ut i Roms myllrande massa av mestadels människor.

Till slut vek Hostus in på en sidogata. Kvällen var redan inledd och gatan blev snabbt tom på vittnen. Verkade som ett lämpligt tillfälle.

Hostus hoppade till när Clemens lade sin hand på hans axel, och när han vände sig om fick Clemens en chans att betrakta hans ansikte. En besvikelse. Hostus hår hade mycket krull, men var ljust i stället för svart och någon äcklig vårta i pannan var det inte tal om. Det var inte mannen som fritagit gladiatorn.

Nåväl, de måste ha varit flera stycken.

Clemens knuffade in Hostus mot väggen och väste – väl medveten om vad hans yttre hade för effekt på människor: "Erkänn! Erkänn att du deltog i stölden av gladiatorn!"

Hostus spärrade upp ögonen och rörde munnen utan att minsta ljud kom därifrån.

"Är det kanske så du vinner dina tävlingar också? Hämtar dina krafter från jadekristallen? Erkänn! Erkänn allt!"

Kusken bröt ihop. "J-ja, jag erkänner", snyftade han. "Med en såg. Jag gjorde det med en såg."

"En såg?" sa Clemens. Det stämde inte, gladiatorn hade inte sågats fri. "Vad menar du?"

"Hornet, j-jag sågade av det med en såg. Min vackra Incitatus! Han led när jag g-gjorde det, hans ögon skvallrade. Och allt bara för att vinna! Hur kunde j-jag sjunka så lågt? Åh, h-hur kunde jag tro att någon k-kunde missta en enhörning för en häst!"

En enhörning? Vid Saturnus själv!

"Snälla, berätta inte för kejsaren!" fortsatte Hostus med snoriga röda kinder. "Han skulle förfölja mig för alltid! Tänk dig: j-jag sågade av h-hans älskade h-h… jag sågade av hans älskade hästs enda horn!"

Ja, det skulle förstås innebära döden. Att ha ljugit om

kejsarens favorithäst – att inte ha berättat att det egentligen var hans favoritenhörning – och att ha skadat den så till råga på allt. Men det lät som något som gick att använda. Hur som helst tvivlade Clemens på att en sådan fegis kunde ha varit inblandad i gladiatorstölden.

"Jag ska inte berätta", lovade Clemens, "förutsatt att du är villig att hjälpa mig."

XIV

Sex år tidigare

Lucius hatade trängseln. Den påminde honom om vad han behövt göra innan Asiaticus tagit honom under sina vingars skugga. Hans liv som tjuv var över och han gjorde sig extra besvär med att hålla sig borta från Forum. Särskilt på dagen, när torget var som mest aktivt, och *framför allt* när stora tillställningar hölls. Men nu hade han inte mycket till val. Han behövde hjälp.

De sex vestalerna – klädda i långa, vita *stolae* som helt täckte deras gracila kroppar och som fladdrade i vinden likt några av de finare åskådarnas togor – stod utanför Vestatemplet medan röken bolmade upp bakom dem. Rom firade Vestalia, den årliga festivalen till Vestas ära, och under några få dagar öppnades det tempel som annars var förbjudet område för alla utom dess beskyddare.

Åskådarna lovsjöng gudinnan medan vestalerna hängde blommor kring en åsnas hals som tack för att den jagat bort Priapus i den kända legenden, och fortfarande brann Vestas heliga eld innanför templets murar. Så länge elden levde skyddade Vesta staden, och aldrig på åttahundra år hade elden slocknat. Inte av oväder, inte av fulla vigiles, inte av något. Den var lika evig som Rom. Vesta övergav dem inte.

Som avslutning på ritualen dansade vestalerna runt åsnan, visslade glada toner, och templets portar slogs upp. Ett smärre tumult utbröt när de mödrar som samlats för att skänka gåvor till Vesta, i förhoppning om att få sina familjer välsignade, alla bestämde sig för att vara först in i templet. Lucius tog ett djupt andetag och armbågade sig fram mellan dofter av mosade päron, lagrade ostar och vitlökskryddade rovor, någon spillde tjockt vin över hans hår och det klibbade genast. Han släpade själv en säck över axeln, större än han själv och tung som Ajax sköld, men den innehöll inte mat.

Trots besväret fick Lucius vänta en god stund inne i templet. Han betraktade den heliga elden, som brann i templets mitt med våldsamma, sprakande lågor. Röken stack i hans näsa innan den långsamt seglade upp genom hålet i taket. Till slut tog en vestal emot honom. Den rätta.

"Ta av dig dina skor, *puer*", sa vestalen strängt med sin mjuka röst, samtidigt som hon visade vägen till ett avskilt rum. "Bara den ödmjuke förtjänar Vestas välsignelse."

"Heliga vestal, förlåt", pep Lucius och tog mod till sig, "men jag är inte här för att bli välsignad."

Vestalen rynkade pannan. "Varför har du då kommit?"

Lucius kastade en blick över axeln för att förvissa sig om att de var ensamma. Sedan talade han snabbt och utan tvekan, som Pollio instruerat honom när de övat. "Jag har en vän som har ett slags hobby: att veta sådant som ingen borde veta. Han tipsade mig, och jag ber dig: spå min framtid!"

"Vem tar du mig för? Jag är en vestal. Jag sysslar inte med sådant. Fråga en augur; han kanske kan studera några kråkors flygmönster åt dig om du betalar honom bra."

"Det duger inte. Det måste vara ett helt säkert omen, ett sådant man bara får genom att studera ett dött djurs lever. Ja, jag har hört om dina haruspexiska metoder."

Vestalen fnös. "Du får det att låta så dramatiskt. Det är

inget konstigt bland präster. Mina löften förbjuder mig inte."

"Stämmer, de förbjuder bara att ... att ..."

Vestalen betraktade honom med ett höjt ögonbryn och Lucius kände rodnaden bränna ansiktet.

"Löftena förbjuder bara att du bryter din kyskhet", fortsatte han hastigt. "Eller värre, att du låter elden slockna. Men det är Vestalia nu, som du kanske märkt?"

Vestalen stod tyst och hennes sex flätor spretade från huvudet likt kvistar från ett olivträd.

"Nå, då tror jag inte att det skulle uppskattas att du, en helig vestal, mördar åsnor på fritiden. De som ska äras och hedras, tänk om det skulle komma ut. Vad var nu straffet för en vestal som svikit Rom? Åh, jag vet! Levande begravning!"

Vestalen visade upp sin imponerande käkmuskulatur genom att pressa ihop tänderna till bristningsgränsen – och för ett ögonblick trodde Lucius att hon skulle kasta honom på den heliga elden – men så svor hon slutligen. "Priapus, men de har den bästa levern! Jaja, *quid pro quo*, vad var det för sorts omen du önskade?"

Lucius dumpade säcken framför hennes fötter. Det kändes skönt att bli kvitt den.

"Det började strax efter jag kommit till Rom", hasplade han ur sig medan vestalen drog fram åsnan ur säcken. "Jag ville inte, men jag spelade på Gröne Gnaeus lotteri. Spelade, och spelade igen, och nu är det som en del av mig. Och för några dagar sedan fick jag en uppenbarelse. Fortuna själv avslöjade vilket nummer som skulle vinna."

Han avbröt sig genom att slå ihop käkarna på ett sätt som inte kunde jämföras med vestalens nyss genomförda uppvisning, men som var tillräckligt för att få hans tänder att skallra. "Men det var fel! Förstår du? Fortuna lurade mig. Och nu är jag skyldig silver till folk du inte vill vara skyldig en knapp. Det är därför jag behöver ett omen. Jag vill bara ställa allting till rätta. Snälla,

snälla, du måste hjälpa mig."

Vestalen slet upp åsnans skinn med sina bara händer. "Jaja", muttrade hon, "är helt färskt, det här, dödat för bara någon timme sedan, bra, bra. Hm, levern är blank och välfylld, det tyder på ett starkt omen, och gallblåsan är formad som en fasces." Hon stack ned huvudet och drog ett djupt andetag. "Gallan är sur men blodet luktar mycket järn, intressant. Och ett uns av hö också, hennes sista måltid, antar jag."

"Ja, saken är klar", sa vestalen och tittade upp. Hon torkade sina röda, slanka fingrar med en vit tygbit. "Du kommer få hjälp från cirkusen. Jupiters utvalda kommer till undsättning. När allt är som mörkast kommer hon rädda er."

"Oss?"

"Avbryt inte. Ingen kommer vara lika snabb, ingen kommer lysa lika starkt. Jupiters utvalda, hon kommer rädda er."

"Men lotteriet!" Lucius greppade vestalens arm. Den var kallare än is. "Förstår du inte? Jag måste vinna, annars är det ute med mig! Och du pratar bara om någon Jupiters utvalda!"

Vestalens ögon vidgades, hennes flätor vibrerade och reste sig; de tog formen av något vilt, öppen mun, huggtänder, tunga rakt ut − ormar. Lucius ryggade undan samtidigt som hans kinder stramades åt.

"Rör mig inte, du Priapus hejduk!" röt hon, rösten plötsligt mörk. "Du vet vad du behöver veta, försvinn ur mitt tempel!"

***

Lucius försökte skaka av sig den otäcka känslan på väg hem. Han hatade ormar, hur de slingrade sig, deras fjäll, och ännu mer när ormarna var en del av håret. Och nu var tydligen vestalerna gorgoner.

Han önskade att det betydde att omenet var en lögn,

men om något gjorde det väl saken bara ännu mer sann. Så typiskt: hjälp av Jupiters utvalda. Det borde få honom att känna sig speciell, antog han, men i slutändan var han inte ett enda steg närmare att vinna på lotteriet. Och om bara några dagar skulle busarna kräva tillbaka sitt lån.

Sommarhettan hade just slagit till och visade för första gången Lucius hur varm staden kunde bli. När Lucius – som först tvangs klättra både upp och ned för Quirinalen – äntligen kände den rätta kullen under fötterna och såg Lucullus trädgård resa sig i all sin ståt, var han dränkt i svett och längtade efter svalkan som gömde sig i bibliotekets mörker. Sin vana trogen kastade han en blick mot körsbärsträdet när han passerade; några bär letade sig försiktigt fram på dess kvistar men ännu var bären inte röda. Det kunde fortfarande dröja veckor, hade Asiaticus sagt.

Lucius nickade mot en bibliotekarie och fortsatte djupare in i biblioteket i jakt på sin mentor. En slav skyndade mot honom.

"Ingen lektion för dig i kväll, Lucius. Herren vill träffa dig i sitt *tablinum*."

Konstigt, tänkte Lucius medan han lät sig ledas genom alla de gångar och rum som formade det väldiga byggnadskomplexet, *han låter mig aldrig slippa mina lektioner*. Inte för att Lucius klagade över den saken. I går hade han lärt sig om de gamla babylonierna och alla de mäktiga kungar som de haft. Asiaticus var en enastående lärare.

Slaven öppnade en dörr, stängde den, och lämnade Lucius ensam med Asiaticus.

Blemmen satt med ryggen vänd mot Lucius, djupt försjunken i arbete. "Lucius", sa Asiaticus utan att titta upp, "en dag kommer jag förlora min makt."

"Du menar ditt konsulskap? Ja, jag vet: ni sitter bara i ett år, och halva ditt har redan gått."

"Inte det", sa Asiaticus och fortsatte skriva. "*Det* är något jag måste hantera när tiden är rätt, jag kommer inte ge upp bara för att jag blir tillsagd. Nej, vad jag menar är när jag är död. Familjen måste leva vidare, måste växa i styrka. Förstår du?"

Lucius bet lätt på sina fingrar. "Nej", sa han efter en stunds tystnad, "jag är inte säker på att jag gör det."

Äntligen vände sig Asiaticus om. I handen höll han ett ark papyrus. "Lucius, jag vill att du ska bli min arvtagare. Jag adopterar dig. Och sluta bit på fingrarna."

Lucius blinkade fyra, fem gånger – försökte förstå varför Asiaticus skämtade om en sådan sak – men blemmens sällsamma kroppsansikte var lika allvarligt som alltid.

"Va? *Jag*? Men du har ju en son. Du har ju en arvinge som kan ta över, ditt eget blod. Han är också människa! Varför sätter du mig framför honom? Varför gör du mig till din äldste son?"

"Delvis är det ditt intellekt", förklarade Asiaticus lugnt. "Jag älskar min son, lika mycket som min fru, men hur jag än uppfostrar honom kommer han aldrig kunna mäta sig med dig. Man måste ha något speciellt för att klara sig i den här staden, men mest är det ditt ursprung."

"Mitt ursprung?"

"Ja, jag vet att du är galler, som jag. Jag vet att du är son till en hövding som gjorde motstånd mot Rom och som blev dödad för saken. Det är en mödosam uppväxt du haft, Lucius – om vi nu ska fortsätta kalla dig det – inte alls som min son, som fötts in i rikedom. *Han* kommer aldrig förstå sig på riktig kamp. *Han* kommer bli slukad av staden. Jag fick kämpa bara för att ta mig till Rom, kämpa mot hånen mot mitt utseende, kämpa för att bli senator, för att bli konsul. Kämpa för att bli så omtyckt av kejsar Tiberius. Kämpa precis som du har gjort. Det är därför du är värdig att bli min efterträdare, värdig att bli min son."

Asiaticus räckte fram papyrusarket och en bläckdoppad

penna. "Jag har förberett kontraktet, allt du behöver göra är att skriva under."

Lucius händer darrade, men hans skrivlektioner hade givit resultat och han lyckades med namnteckningen.

"Tack, Lucius Valerius Asiaticus, min son."

XV

Åter segrade Apollo över mörkret, och den sista dagen av förberedelser var inledd. I morgon skulle de råna Juno Monetas tempel.

Redan hade halva Rom vågat sig ut för att förrätta sina morgonbestyr. Där var gråhåriga tjänstemän på väg till Tabularium och där var panoti från Skytien, vilka – efter att ha badat och hängt sig från ekar för att torka sina manslånga öron – blivit fångade av en oväntad storm och förda till Rom och enbart fått stanna då de visat sig vara utmärkta advokater. I ett försök att inte dras med i vågen av ständiga knuffar smekte Lucius ryggen mot de byggnader som ramade in de gator han rörde sig på. Trots sina besvär lyckades han inte riktigt, och fann sig snart simmande genom folkvimlet.

Hans mål för morgonen bodde i ett kyffe av säregen arkitektonisk stil. Egentligen borde han ha kunnat bo alldeles propert, för Chymes – som alkemisten hette – åtnjöt god finansiering via de förskott som kunder betalade för det guld som alkemisten aldrig lyckades skapa.

Redan när Lucius bultade på dörren, vilken lutade uppåt trots att resten av bostaden sjunkit halvvägs till underjorden, ångrade han att han inte förlagt besöket under natten. Chymes var något av en nattlig figur som ofta kastade smädelser över dem som vågade väcka honom på morgonen.

Bultning efter bultning. Till slut hördes en hes röst som gastade: "Jag sover!"

"Vakna då", svarade Lucius. "För jag måste tala med dig."

***

När Chymes öppnade gormade han ett slag över Lucius oförskämdhet och bristande respekt kring alkemisters professionalitet och behov av vila. Lucius tillbringade tiden med att studera det tångskägg som lämnade mycket av Chymes ansikte åt fantasin. Alkemisten brukade påstå att skägget var ett resultat av ett misslyckat experiment, eller då han var på mer påhittigt humör att han var hälften sjövarelse, och Lucius fann förklaringarna goda trots att han visste att de inte var sanna.

Någonstans mellan alla påhopp lyckades Lucius presentera sitt ärende. "Har han varit här? Prefekten? Jag är ledsen att det blev en pretorian i stället för en av vigiles, men det ska väl du klara av."

Chymes ändrade ton, som han ofta gjorde när det rörde affärer. "Kanske, men tyvärr är mina möten av högst konfidentiell art."

"Här", sa Lucius och kastade över en hyfsat välfylld pung, "något jag fick tag i på vägen hit, tyvärr. Bortsett från att du slipper allt folk måste jag erkänna att jag inte riktigt förstår varför du ägnar så mycket tid till alla dessa experiment. Jag har alltid ansett att det bästa sättet att skapa guld helt enkelt är genom att ta någon annans. Hur som helst, tro inte att du kan lura av mig mer än det. Du vet mycket väl vad du kommer få i utbyte när allt är klart."

"Du är den enda ficktjuv jag känner som inte gillar trängsel", mumlade Chymes medan han bet i vart och ett av mynten för att säkerställa dess äkthet. Mer än någon visste Chymes att metoden var urusel, men det var en sjuklig vana han skaffat sig. "Marcus Clemens var här för tre dagar sedan. Ett fördömt påfund förresten, det att alla heter Marcus i den här staden."

"Gick han på allt?"

"Ja, allt en fin historia du kokat ihop. Dina beräkningar var mycket övertygande."

"Och den andra grejen?" frågade Lucius.

Chymes blinkade någonstans bakom all sin tång. "Helt enligt instruktioner. Del två av jadeplanen är inledd."

***

De hade samlats i Lucius insula, efter att noga sett efter att inte Clemens var i närheten. Det var en säkerhetsrisk, att hålla mötet där, granne med fienden, i stället för i katakomberna, men Lucius fann det nödvändigt att Flamma fick ta del av alla detaljer. Halvcyklopen repade sig bättre än Lucius vågat hoppas, men även i vad som föreföll ett allt trängre Rom kunde han knappast röra sig genom stadens gator utan att hans väldiga gestalt genast blev igenkänd.

"Välkomna allihop", inledde Lucius, "vi har kommit en lång väg på vår resa, men fortfarande återstår det viktigaste – kuppen. Ni vill säkert veta mer om denna, men innan vi börjar: Kezekem, vad nytt från din skuggning? Vad har Clemens haft för sig?"

Kezekem låg med ryggen mot golvet i ett tappert försök att utrota insulans ohyra. "Inte mycket", sa han med en gäspning. "Jo, förresten, han konfronterade visst någon kusk."

"En kusk? Appia?"

"Nä, inte henne. En annan. Han som brukar vinna. Hostus."

"Vad sa de då?"

"De pratade om vädret."

Lucius synade skiapoden. Kezekem böjde nacken för att möta blicken samtidigt som han lyfte foten över huvudet för att skydda sig mot de små strålar Apollo skickade in genom fönstret.

"Vädret? Ljug inte, snälla du. Självklart pratade de inte om vädret."

Kezekem ryckte på axlarna. Det såg märkligt ut när han låg ned. "Nähä, men du sa åt mig att skugga, inte lyssna. Skuggor har inga öron. Kusken grät åtminstone, en feg stackare, den där."

"Jaha", sa Lucius, tveksam över vad det kunde vara till för nytta även om det visade sig vara sant. "Har Clemens gjort något mer?"

Kezekem skakade på huvudet. Det såg ännu märkligare ut.

"Va? Inget alls? Vad sägs om att han träffade alkemisten Chymes? Ska du inte nämna det?"

"Men vad spelar det för roll? Det har inget med vår sak att göra, eller hur? Fast jag blev förstås glad över att bli påmind om honom. Nitton quadrans är han skyldig mig. Han lovade att göra dem till guld men ser du något guld i mina händer?"

"Chymes?" bröt Pollio in. "Sa han något om sitt skägg?"

"Tyst med dig!" snäste Lucius. "Kezekem, det *är* viktigt, och jag skulle hemskt gärna vilja veta vad Clemens har gjort mer som du inte tycker är viktigt."

"Är den här utfrågningen slut snart, amicus? Jag trodde det var meningen att du skulle lägga fram resten av planen."

Lucius himlade med ögonen. Ibland – nej, alltid – var Kezekem bra tröttsam. "Nå, låt oss börja med att besvara följande: vilken är den mest delikata delen av kuppen?"

"Då vi smyger in i templet", gissade Pollio.

"När slår vakterna", föreslog Flamma, och hans

ödlevarg gläfste något instämmande.

"Nix, nix", sa Lucius lätt, "det är något mycket viktigare. Jag talar om flykten. Då vi tar alla våra mynt, hela skatten, och försvinner. Tänk er själva, utan flykt är vi bara en grupp misslyckade rånare, stoppade av Roms mäktiga väktare. En grupp rånare som visserligen satsade stort men som förlorade större. Hela Rom kommer vara efter oss när skatten är vår, och låt mig avslöja en hemlighet: sjuhundrasextiotretusen denarer är helt förbaskat värdelösa när man blir kastad åt lejonen."

Alla – utom möjligen Flamma, som var van vid odjuren – tycktes hålla med, så Lucius fortsatte. "Vi tar en hästvagn, stor nog att frakta alla säckar, och låter Appia ta oss ur staden så snabbt som möjligt. Det finns många vägar att välja mellan, som bekant leder alla till Rom, men den främsta av alla är vår kusks namne, Via Appia. Vi tar den ned till Sinuessa och ..."

"Varför hästar?" sa Pollio. "Varför inte spänna fast Kezekem framför vagnen, som vid frigivandet av Flamma? Inget är lika snabbt."

Lucius suckade. Alltid – nej, ibland – undrade han varför han överhuvudtaget lät Pollio vara med. "Har du någon aning om hur mycket uppmärksamhet vi skulle dra åt oss? En hoppande skiapod med en fullastad vagn flygande efter? Det är sant att många har bråttom på Via Appia – men inte så bråttom. Dessutom skulle Kezekem ändå inte orka. För det första är han inte uthållig nog och för det andra kommer nittio proppfulla säckar av guld och silver göra vagnen så tung att till och med Flamma helst skulle slippa lyfta allt samtidigt."

"Hörru, amicus", invände Kezekem, "klart jag orkar. Jag tävlade mot två hyenor en gång, sega varelser. Tvärs genom hela Cyrenaica sprang vi – vann utan att det blev jämnt ens. Men förresten, på tal om Appia, vart har hon tagit vägen?"

"Hon stack", sa Pollio. "Hon ..."

"Tyst med dig!" snäste Lucius för andra gången. Han

ville inte diskutera Appia. Han var tvungen att hitta henne själv. Själv reda upp de problem han skapat. Appia var nödvändig.

"Ja, Sinuessa alltså", sa han i ett försök att gå vidare med planen, "där börjar vi röra oss på småvägar för att försvåra för våra förföljare. Det finns en liten by vid kusten där jag avtalat med en punisk pirat att plocka upp oss. Han smugglar oss över Mare Nostrum, och sedan är ni fria att göra vad ni vill med er förmögenhet."

"Jag utrusta armé", avslöjade Flamma. "Kolossal här. Hålla kanelfåglar säkra. För alltid."

"*Men* vilket slöseri", sa Kezekem. "Jag ska bygga ett storslaget palats – vitaste marmor, större än något världen någonsin skådat – och där ska jag hålla fest varje dag och varje natt och alla amici ska besöka mig för all tid och evighet. Kejsaren ska kyssa min fot och på kolonner som skrapar mot himlen kommer väldiga stenplattor resas för att hålla Apollo stången."

"Varför inte använda det till något gott?" föreslog Pollio. "Alla de som lider i Rom, som går utan hem och utan mat, förtjänar inte de ett bättre liv?"

"Och Brontes bygga berg av mynt", inföll Flamma. "Där hon sitta och …"

"Vad säger du, amicus!" utbrast Kezekem. "Brontes? Växer det svamp i din hjärna eller vad? Inte delar vi bytet med ett odjur! På fem ska vi dela, på fem!"

Förstår de inte? tänkte Lucius medan debatten rasade vidare. *Allt det där guldet, allt silver, all brons och koppar. Rom kommer jaga oss som kynokephalier. Vi kan aldrig återvända. Vi kan aldrig visa våra ansikten här igen.*

"Vad ska du göra med din andel, Lucius?" frågade Pollio i ett illa maskerat försök att tysta de andra, då även Brontes lagt sig i saken genom en blandning av gläfsningar och väsningar som Flamma pliktskyldigt tolkade.

Ärligt talat brydde sig Lucius inte mycket om sin andel. Vad han brydde sig om var sin ära, den odödliga sorten, *immortalis gloria*. Han skulle aldrig bli en ryktbar statsman, aldrig en ryktbar fältherre, men han skulle bli en ryktbar tjuv.

Åh, vilket namn han skulle få! Han som stulit en skatt från en gudinna. Lucius Monetacus, så skulle han heta. *Lucius, Monetas besegrare*. Det var värt att bli bortjagad från den eviga staden för ett sådant namn.

Innan han lyckades formulera detta till ett svar hördes emellertid dova röster nere på gatan – röster som tillhörde dvärgar.

Han tassade fram på tå, de andra med honom, förutom Flamma, som släpade fötterna under vikta knän och knappast kände något behov av att bli ännu längre. De kikade ut genom den öppna fönsterluckan.

Tre dvärgar från vigilesgardet hade just lämnat byggnaden mittemot. De gick med bestämda steg mot Lucius insula medan deras skägg vickade lätt fram och tillbaka. Längre ned på gatan synade två pretorianer varenda varelse de mötte – de bad ett troll öppna munnen och drog i dess tunga – och bredvid dem var fler vigiles. Det verkade inte bättre än att de båda gardena samarbetade för att genomsöka hela Rom.

"Kezekem", väste Lucius mellan tänderna, "varför har du inte sagt att Clemens börjat med husrannsakningar?"

"Och hur skulle jag kunnat veta det? Jag kan ju inte skugga honom när jag är här, eller hur?"

"Vi väntar in!" föreslog Flamma med en röst som Lucius fann ligga mycket långt ifrån en i sammanhanget passande volym. "Väntar, sedan slå."

"*Det* går inte för sig", viskade Lucius. En saknad patrull vigiles skulle snabbt dra till sig uppmärksamhet, och uppmärksamhet var det sista de ville ha. Såvida den inte var kontrollerad. "Kezekem ..."

"Va? Nä, *nä*, nä. Jag gör det inte."

"Kom igen, det behöver inte vara något avancerat. Du kan väl bara skrika något fult och låta dem jaga dig? Det borde ge oss tillräckligt med tid för att ta oss härifrån."

"För sent, amicus", sa Kezekem när dvärgarna steg in på bottenvåningen. Av de protesterande ljuden att döma sökte de snabbt igenom bostäderna utan att ta hänsyn till de boende.

"Fort", beordrade Lucius, "efter mig."

De smög ut ur rummet och kände grisstanken sticka i näsan. Lucius pekade på Clemens dörr. "Flamma, slå in dörren."

Flamma gav honom en tveksam blick med sitt stora öga, men Lucius nickade. Flamma satte axlarna emot dörren och tryckte till. Den flög in och flisor virvlade i luften.

Flamma klappade händerna. "Jag klarade det! Jag stark!"

Lucius log i mjugg. Till och med Pollio hade kunnat slå in den dörren. Och för Flamma … tja, det hade varit svårare för en elefant att trampa sönder en amfora.

De smet in. Clemens rum var nästan identiskt med Lucius: ett litet fönster och knappt något mer, enda skillnaden var att Clemens madrass var hel. Men just nu brydde sig Lucius inte mycket om inredningen.

"Vad ska det här vara bra för?" sa Pollio. "Vi är inte säkrare här än hos dig."

"Hjälp till", sa Lucius och tog tag i dörren. De försökte lyfta tillbaka den till sitt ursprungliga läge men den ramlade genast ned igen. "Vi får hålla den på plats själva", konstaterade Lucius.

De fick dörren att stå upprätt, balanserade den med sina händer, och hörde steg och svärd som slamrade utanför.

"Vi börjar väl där", sa en röst. "Där är öppet."

"Va, ingen här?" sa en annan. "Kunde svurit på att jag hörde ett brak. Och vem lämnar dörren helt vidöppen och bara går?"

"Du vet väl vad det är för pack som bor här", flikade en tredje in, och skrek: "Gudar! En ödlevarg! Vad gör den här!" Brontes väste. Stapplande steg hördes när inkräktarna backade ut ur rummet och sprang nedför trappan. *Tänk att man kan vara så rädd för en ödlevarg*, tänkte Lucius roat.

"Då så", sa han, "låt oss fortsätta med mötet. Vi har några saker kvar att diskutera."

***

"Ni undrar säkert hur vi ska komma in i templet", sa Lucius när de återvänt till hans rum. För att fånga deras uppmärksamhet svepte han med blicken över sina kompanjoner. Mot sin vilja fastnade han på Flamma, som mycket nöjd över tillvaron kliade Brontes bakom något som skulle föreställa öron. "Med hundra pretorianer och mer därtill kan det te sig som en omöjlighet, men folk tar sig in varje dag. Vi behöver bara göra som de. Som prästerna."

"Går inte", sa Flamma utan att titta upp från sitt odjur. "Vi inga präster."

"Korrekt, men vi kan låtsas. Själv är jag ingen mästare på förklädnad, men jag har en god vän som lärt mig ett och annat om konsten. Rom hyser alltför många tempel för att prästerna ska kunna hålla koll på sig själva."

"Går inte", sa Flamma igen. "Jag inte klär ut mig. Samma anledning Kez inte bär stövlar. Skomakare inte göra. För dyrt."

"Va!" utbrast Kezekem med sådan kraft att han nästan flög upp från golvet där han lagt sig. "Det är inte alls därför, jag svär! Jag *vill* vara barfota! Hur skulle jag annars kunna vifta på tårna?" Och han rörde dem upp, ned och i sidled som om han spelade på en osynlig kithara.

"Jo, därför", envisades Flamma. "Jag vet. Kläder svårt få tag i. Aldrig passar. Små jämt. Inte klär ut mig."

Lucius nickade. "Vi ska nog komma på en lösning för dig. Du är ändå för lätt att känna igen. Det verkliga problemet blir pretorianerna. Vi måste distrahera dem."

"De är obevekliga", sa Pollio dystert. "Din distraktion kommer inte röra dem i ryggen. Inte en chans att de låter fem främmande präster, varav en med saknat öga och en med saknat ben, rusa rätt förbi dem och in på den plats de fått så stränga order att vakta."

Lucius log. "Oroa dig inte för den saken. I slutändan har pretorianerna en uppgift som är viktigare än alla andra, en uppgift som är anledningen till deras existens och som skulle skapa kaos i deras led ifall den rubbades. Att skydda kejsaren. Och med detta kommer de misslyckas. Det är dags att höja insatserna."

XVI

Clemens hade frågat hundra personer innan han hittat Thrakatulus – dvärgen vars ansikte fortfarande var i nyanser som avvek från den naturliga skalan – och det hade krävts mycket övertalning innan denne gick med på att hjälpa Clemens. Sedan hade han mobiliserat alla tillgängliga pretorianer och instruerat såväl dem som de vigiles Thrakatulus ställt upp med hur de skulle gå till väga med undersökningarna. Gardena hade tagit del av gladiatortjuvarnas signalement och givit sig iväg med blandad iver. Det kanske var en överdrift för att fånga några tjuvar, men Clemens fann det bäst att göra vad som krävdes för att inte ådra sig kejsarens vrede.

Trots att gardena vänt hela Rom upp och ned hade fångsten än så länge varit knaper. En ovanligt storvuxen tunnbindare som förlorat ena ögat i ett slagsmål i sin ungdom; en skuggfoting med en vårta med formen av en akvedukt på foten och vattentätt alibi för natten i fråga.

Clemens såg därför fram emot att återvända till sin insula, slänga sig på sin madrass och pusta ut. Kanske kunde hans tankar klarna om han vilade och nästa steg i processen uppenbara sig. Han stannade vid ett stånd på vägen och köpte ett stycke bröd bakat på emmervete och doppat i smält ost. Han tuggade och tuggade, och när brödet varit nere och vänt i magarna tuggade han det igen. Som hjälp till tankarna sköljde han ned maten med lite vin.

Redan när han satte klöven på första trappsteget kände han att något var fel, och när han kom upp insåg han varför. Hans dörr var sprucken och låg slängd på golvet. En samling leriga fotspår avslöjade att någon använt tillfället för att hälsa på.

Han sänkte sitt huvud, höll hornen framåt, förbannade sina klampande steg och gick in i rummet. Ingen där, inbrottstjuven var borta. Om det nu varit en inbrottstjuv, för allting verkade vara i sin ordning. Egendomligt, en insparkad dörr och inget mer.

Saturnus! Min madrass!

Inbrottstjuven hade slitit den i stycken. Eller nej, inte slitit, *pressat* den till dess att sömmarna spruckit och vasstrån stack upp åt alla håll.

Clemens suckade, satte sig på madrassen, drog i stråna och begrundade situationen. Hans nye granne, hade han inte verkat lite skum? Något med hans ansikte kändes fel. Men varför skulle han ...

Så slog det honom.

Vigiles! De klåparna genomsökte mitt rum! En deprimerande tanke, men han kunde inte gärna klandra dem för att ha gjort som de blivit åtsagda. Fast han tyckte förstås det var obegripligt hur de kunnat tro att gladiatortjuvarna gömt sig i madrassen.

"Ave, praefectus."

Clemens vände sig om. Han hade varit så upptagen av sina tankar att han inte lagt märke till besökaren. En av hans pretorianer.

"Ja?"

"Kejsaren önskar träffa dig."

***

När Clemens stegade genom palatsets salar tänkte han igenom sin rapport. Kejsaren skulle kräva resultat från utredningen – hans sinne kunde stundom vara svårt att gissa sig till men så mycket förstod Clemens åtminstone.

Kejsaren låg och åt. Slavar tryckte i honom druvor, vin och gåskött. "Förklara dig", sa han genom sitt smaskande.

Clemens gjorde ett försök. Han erkände att han inte fångat någon än men berättade att han följde ett spår och kände gott hopp om att finna tjuvarna inom kort.

"Ge mig den", avbröt kejsaren.

"Den?" sa Clemens. "Gladiatortjuvarna, menar Ers Gudomlighet?"

"Stenen", morrade kejsaren. "Jadekristallen. Den har kallat på mig, Jupiter, gudarnas konung. Jag behöver den till min spira, annars kan den inte hålla blixten i schack. Du har gömt den för mig – lämna omedelbart över den och jag ska överväga att inte avrätta dig."

Det kändes som om Clemens sjönk ned i ett träsk med iskallt vatten. *Hur vet han? Hur? Jag vet ju det knappt själv. Jag … Chymes! Den skurken sålde ut mig!* Kristallen vibrerade i Clemens ficka. Skrek efter att få stanna kvar, att inte bli överlämnad till kejsaren. Att ge en sådan galning ännu mer makt kunde aldrig sluta väl.

Clemens händer brände när han plockade upp den. Jadekristallen sprakade och slog gnistor. Så liten och så kraftfull.

Kejsaren ryckte den ifrån honom.

XVII

Appia hade inte ätit, inte sovit. Bara drivit runt och andats frihet. Hon intalade sig att det var för att hon stod över sådana lättsamma behov, att hennes frihet var allt hon behövde och önskat sig, men nu kurrade magen. I går natt, när kylan kommit med vässade klor, hade hon hittat en ledig plats under en akvedukt men knappt hunnit sluta ögonen innan vigiles jagat bort henne.

Allt hon kunde var att rida, men hon tänkte inte återvända till stallet. Aldrig att hon lät sig fjättras av dess bojor igen.

På gatan hörde hon om märkliga ting. En gudomlig sten hade uppenbarat sig i Rom. Pretorianerna hade lagt beslag på den, dolt den för kejsaren och konspirerat mot honom. Appia tyckte nästan synd om dem – det var inte svårt att lista ut hur kejsaren skulle reagera.

Och så talades det om morgondagen, om vem som skulle bli utsedd till konsul. Appia blev irriterad bara av att tänka på saken.

Törsten var åtminstone inget problem. I varje gatukorsning sprutade springbrunnarna ut färskt vatten från de många akvedukter som ledde till staden. Men hungern slet i hennes inre. Hon var tvungen att äta *något*.

Hon trängde sig in i folksamlingen på Forum. Köpmännen sålde ut sina sista varor för dagen och fortfarande var där gott om kunder. Ovanligt många, tyckte Appia, men det berodde väl på att hon fortfarande brukade träna i stallet vid den här tiden på dygnet.

"Färska läckerheter! Direkt från Tibern!"

Appia lyckades krångla sig tillräckligt nära för att få en glimt av köpmannens järnhink. Den var halvfull med vatten, och däri plaskade en trött krabba och ett dussin trehövdade grodyngel. Vid ett stånd ett stycke bort stod en annan köpman och sålde bröd, och medan denne var upptagen med en kund släppte Appia loss sin falx-kniv och skar loss en halv limpa.

Någon lade en hand på hennes axel.

Pretorianerna! tänkte hon och blev kall i kroppen. Straffet för stöld var inte strängt, bara böter fyra gånger det stulna värdet – de tolv tavlornas lag började falla ur bruk och dränkning eller halshuggning var inte längre aktuellt för en sådan småsak – men när Appia inte kunde betala ens det, vad skulle då ske? Hon visste. De skulle göra henne till slav igen.

Hon vände sig om med handen hårt knuten om sin kniv. Där – alldeles nära, det enda sättet att samtala på Forum – stod en kort man som höll sina såriga fingrar över pannan för att skydda sig mot eftermiddagssolen. Eller snarare, för att skydda sig mot nyfikna blickar.

"Nämen, titta vem som blivit tjuv", sa Lucius.

Appia skakade av sig handen från axeln. "Vad vill du mig?" snäste hon, argare än hon velat.

"Det vet du redan."

"Jaså? Men då vet *du* redan svaret. Jag hjälper inte dem jag inte kan lita på."

"Här", sa Lucius och blottade kort sitt ansikte genom att lämna över en säck lika stor som han själv. "Något för att stilla hungern."

Appia tog en titt i säcken. Morötter, bröd, oliver, frön, ost, druvor, samt något blått och avlångt – ett kokt horn från eale, de bastanta bestar till oxar som betade långt borta i Salento. "Inbillar du dig verkligen att du kan köpa mig med detta?" Övertygelsen i rösten förvånade henne; hon hade aldrig känt något som doftade så gott.

"Nå", sa Lucius med ett leende och svepte ned en lock i pannan, "jag betalade inte heller för det."

Appia slängde ned sin stulna halva limpa i säcken och följde med Lucius bort från torget. De blev inte ensamma – det var inte ett tillstånd som var enkelt uppnåeligt i staden – men slapp åtminstone den värsta trängseln.

"Jag gör det inte", sa Appia, när de kunde tala mer ostört. "Jag är fri."

"Du är inte fri från ditt ord. Du hade din chans att säga nej, på vårt första möte i katakomberna, men du sa ja. Bryt inte ditt löfte nu."

"Det var samtidigt som du lovade att jag skulle vinna, var det inte? Vi vet ju båda hur det gick med det löftet."

Lucius rynkade ansiktet, och plötsligt såg han flera år äldre ut. "Det var dumt. Jag … förlåt. Men du måste, Appia. Du *måste*. Vi klarar oss inte utan dig. Du är utvald."

"Ja, jag vet."

Lucius spratt till. "Du vet?"

"Ja, du valde mig för att jag är den bästa kusken i Rom." När hon sa det högt slog det henne hur dumt det lät. "Nej", viskade hon, sårad av insikten, "inte den bästa. Den *billigaste*."

Lucius ögon smalnade av. Gröna med gula stänk, som nyfallna löv. Hur kunde hans ögon vara så falska? Hur kunde de bryta löften utan att blinka? "Du är inte utvald av mig, utan av Jupiter. Du är den vestalen förutspådde. Det måste vara du."

"Jupiter? Bra försök, men det spelar ingen roll vad du säger. Jag är inte med er längre."

"Okej", väste Lucius. "Jag tänker inte försöka övertyga

dig. Inte här. Inte när de jagar oss." Och han försvann i folkvimlet.

***

Lucius stormade genom Rom, för en gångs skull utan att bry sig om de knuffar han mottog. Appia hade övergivit gänget. Lucius förstod det fortfarande inte. Hur kunde Jupiters utvalda överge sitt gäng? Och just före den stora dagen dessutom?

Nå, det fanns ingen tid till att övertala Appia. Kuppen måste ske i morgon. Inte bara för att pretorianerna var kuppen på spåren, dagen passade planen för bra för att låta bli. Kejsaren skulle hålla en fest på cirkusen; hans strupe skulle vara blottad.

Men planen krävde en kusk. Det fanns bara en som kunde mäta sig med Appia, en som alltid vann kapplöpningarna – en som hette Hostus.

Det är en risk, tänkte Lucius och saktade ned stegen. Hostus hade talat med Clemens, med fienden, och enligt Kezekem var Hostus en feg stackare. Vad hindrade honom från att avslöja alltsammans? Från att skvallra för pretorianerna och få dem alla avrättade? Skulle de verkligen sätta sin tilltro till en främling?

Ja, Appia hade sett till att det inte fanns något annat alternativ. Förbaskade utvalda och deras idéer.

Dessutom fanns det en detalj som gjorde det alldeles för lockande, för *oemotståndligt,* att inte låta bli att välja Hostus – hans häst var anledningen till festen. Kejsaren skulle samla hela Rom på cirkusen i en storslagen fest för att hylla sig själv som Jupiter. Och där skulle han upphöja Incitatus till det högsta ämbetet jämte sig själv.

Han skulle göra Incitatus till konsul.

Lucius hoppades att alla skulle vara redo till dess, vän såväl som fiende. För de skulle inte bara stjäla Juno Monetas skatt; de skulle stjäla kejsarens favorithäst framför hans döende ögon.

XVIII

Clemens kände sig hjälplös, borta, tom. Han tog några klunkar vin, lät den tjocka sörjan rinna ned i strupen medan han låg på sin spruckna madrass och stirrade upp på de tagglarver som försökte komma loss från spindelnätet i taket. De ålade sig och sköt ut sina taggar, men varje rörelse trasslade bara in dem mer. Fler klunkar. Clemens föredrog vin framför mat eftersom det stannade i magarna redan första gången, men nu var all smak försvunnen.

Han hade inte tänkt mycket på jadekristallen när han haft den i sin ägo, tvivlat på dess makt och låtit den falla i glömska. Men nu, när den var borta, när den var för alltid utom räckhåll, kallade jadekristallen på honom. Bröstet brann, huvudet dunkade, synen blev både suddigare och skarpare. Var det så den babyloniske kungen, Esarhaddon, hade känt? Var det den känslan som fått honom att krossa det mäktiga egyptiska riket?

Clemens hade haft kristallen i sina händer. I flera dagar hade han burit den med sig, ägt den – och sedan hade han lämnat den ifrån sig. Varför? Han kunde vägrat, han kunde slagit sig fri, han kunde …

Nej, det fanns inget han kunde gjort. Och om det funnits spelade det ingen roll. Det gick inte att vända tillbaka tiden som med ett timglas.

Med jadekristallen hade jag kanske kunnat det. Vad hade egentligen Chymes sagt att kristallen kunde göra? Den innehöll uråldriga egyptiska krafter, men vad innebar det?

Chymes! Clemens förstod inte varför han litat på den skälmen. Var det något hela Rom kunde enas kring var det hur lömsk den tångbehårade alkemisten var, hur han slingrade och vred sig och lurade alla han hade samröre med. Clemens borde vetat bättre.

I Roms alla öron viskades det om prefekten som stulit från kejsaren. Det kunde bara innebära döden. Hur kunde Clemens någonsin trott annat? Hur kunde han trott att kejsaren skulle förlåta den som gömt en sådan ofattbar dyrgrip?

Jupiter var skoningslös.

Clemens trodde inte han skulle strypas, som de flesta, inte heller bli ihjälstampad av sina pretorianer. Nej, Clemens var övertygad – *visste* – att han skulle bli nedkastad från Tarpeiska klippan. Känna huvudet krossas mot marken, kotor sticka ut ur ryggen och inälvor slingra sig likt ålar ur hans kropp.

Tarpeiska klippan – det stup på Capitoliums topp där Roms värsta brottslingar straffades. Landsförrädare, notoriska mördare, slavupprorsledare ... alla svävade de genom luften innan de slog i marken och deras blod sköljde över gatan likt den skam som aldrig gick att tvätta bort från deras namn.

Clemens satte vin i halsen. Hostade och slog sig för bröstet. Bröstet som brann av jadekristallens kallelse.

Han hade planerat att kasta ned gladiatortjuvarna från klippan, de som skapat allt elände; i stället skulle han själv sluta där. Han huttrade och kände sig sjuk. Åh, vad han kände sig sjuk.

Jag är aldrig sjuk, tänkte han. *Mer vin, Bacchus!*

I morgon skulle kejsaren anordna en fest på cirkusen. Och där skulle han göra en häst, som egentligen var enhörning, till konsul. Senaten skulle få en ny ledare, och Clemens undrade vad senatorerna skulle tycka om den saken.

Det spelar ingen roll vad de tycker. Kejsaren hade makten, kejsaren gjorde som kejsaren ville. För Clemens återstod blott väntan.

Det knackade på dörren.

Det gick snabbt, tänkte Clemens och reste sig från madrassen på ostadiga klövar. Han tittade mot dörren. Förstås, den låg ju på marken till minne av vigiles härjningar. Den som kommit för att hämta honom måste knackat på väggen.

Där stod iallafall en man, men – noterade Clemens förvånat – inte en soldat. I stället var det en mycket egendomlig herre, med långa ögonbryn, kort svart hår och tunn men tydlig mustasch. Han var klädd i en omfångsrik nyponfärgad kappa med svarta band. Inte någon vanlig tunika, inte en toga ens; Clemens hade aldrig sett något liknande.

"Goddag", sa främlingen på knackigt latin. Clemens försökte avgöra vilken provins dialekten härstammade från, men vinet föreföll hindra honom från sådana analyser. "Mitt namn är Ma Kuang", fortsatte främlingen och lät dräkten flyta samman genom att föra in respektive hand till den andra ärmen.

"Vad gäller saken?" frågade Clemens och försökte få sin röst att låta lika bestämd som vanligt.

Ma Kuang hostade. "Alltid så direkta, ni *yaoguai*. Jag klandrar er inte, till och med människorna här förefaller ha sådana drag. Jag företräder en grupp – en samling redbara individer – erbjuder dem min blygsamma hjälp. De har ett uppdrag av synnerligen delikat art."

Kom till saken, tänkte Clemens men orkade inte säga något. Febern hade ökat med främlingens besök. Vågor slog mot hela Clemens kropp med en jämn rytm. Ett budskap från jadekristallen.

"Tyvärr har gruppen tvingats utstå en del kränkande

behandling på sistone; behandling som skadar den *dignitas* som de är så förtjusta i. Kanske kan ni vara behjälplig i vår strävan att hindra mer av sådant."

Clemens förstod, och blev irriterad av att besväras över en sådan struntsak. "Hör här, om vigiles har varit oförsiktiga när de sökt igenom staden får du ta det med dem. Jag bryr mig faktiskt inte om vems villa de slagit sönder. Gå och klaga hos *deras* prefekt i stället, en viss Thrakatulus. Pretorianerna har utfört sin plikt med den respekt som de är kända för."

"Åh, det är inte några dvärgar som besvärat mina vänner. Det är kejsaren."

"Kejsaren? Men ..."

"Vi kräver inget allvarligt av er", sa Ma Kuang med ett leende, "bara att ni för ett ögonblick avstår från era vanliga plikter."

Inget allvarligt, tänkte Clemens och stirrade på den andre, *bara det värsta illdåd en prefekt kan begå*. Vägen till Tarpeiska klippan kunde inte vara rakare.

Världen snurrade varv på varv. Allt rörde sig utom Ma Kuangs leende i centrum av allt. Clemens tänkte på kejsarens galenskap, på hur denne skulle missbruka jadekristallen, på vad Clemens själv hade kunnat uträtta om han behållit det som rätteligen tillhörde honom. Han hade kunnat göra hela Rom till en bättre plats. Han hade kunnat göra tillfångatagandet ogjort.

"Nej", sa han, förvånad över sina ord, "jag tänker inte se på när ni mördar min kejsare. Låt mig dela kniven."

***

Clemens satt uppe hela natten och arbetade tillsammans med sitt vin. Varje detalj behövde tänkas igenom, hur det skulle ske, vilka pretorianer Clemens skulle placera närmast kejsaren, var han skulle hugga. Beslutet hade skänkt Clemens en märklig klarhet.

Han valde ut några lämpliga pretorianer i tanken och bestämde sig för att tala med dem i morgon före festen. Resten av gardet skulle också vara på cirkusen, bestämde Clemens; de behövde bevittna Roms förändring med egna ögon för att förstå.

Ma Kuang hade rabblat upp några av de inblandade i komplotten för att Clemens skulle veta vilka som var hans vänner. Där fanns mäktiga senatorer som släktingarna Marcus Vinicius och Annius Vinicianus, ett oräkneligt antal av kejsarens närmaste män, och flera högt uppsatta militärer som Clemens antog gått med på grund av den legat kejsaren tvingat honom stampa ihjäl förra veckan.

Och jag kan stoppa dem alla. Otroligt egentligen, Ma Kuang hade givit honom handfasta bevis. Clemens behövde bara viska namnen i kejsarens öra och allt skulle kvävas i sin linda med konspiratörerna nedkastade från Tarpeiska klippan. Clemens skulle rentvås från alla misstankar och för alltid ha en plats vid kejsarens sida.

Från vilken jag skulle se jadekristallen, tänkte Clemens. *Dag ut och dag in skulle den vara så nära och så oåtkomlig.*

Senare under natten fick han åter besök. Men nu var det Hostus, kusken som lovat hjälpa Clemens med att hitta gladiatortjuvarna.

Hostus ansikte var fullt av svett och hans ögon glansiga. Andhämtningen var hackig och tung. Han började genast babbla om att han blivit kontaktad av en kort främling med svart, lockigt hår som presenterat sig som Turpilinus. Tydligen hade Hostus blivit lejd som kusk åt Turpilinus och hans vänner; de sökte ett snabbt sätt att ta sig ur staden.

Clemens var för upptagen med sina planer för att låta sig störas. Han viftade bort kusken.

Hostus kastade ut bägge armarna. "Men h-han hade en vårta i pannan! Jag h-hörde vigiles prata om det när de genomsökte staden. En vårta i pannan, det var h-han som stal gladiatorn! J-jag är säker på det!"

Det kändes som om Clemens sjönk ned i ett träsk med hästskit. "Vad skulle du göra, sa du?"

"Förbereda h-häst och stor vagn. Sedan h-hämta dem på en plats de säger senare. Han ville inte avslöja några detaljer, men j-jag tror att de planerar en stöt. Ännu en stöld."

Clemens bakre hjärta slog snabbare, hans främre hårdare; som om hans kropp ville slita honom i bitar. *Ännu en stöld.* Vad skulle de stjäla nu? Gladiatorstölden hade verkat så välplanerad, så modig. Även om han hatade sina motståndare kunde Clemens inte undgå att beundra deras yrkesskicklighet. Och han kände ett kraftigt sug efter att stoppa dem. För han var bättre än de.

"När?"

"I morgon", sa Hostus. "På k-kvällen."

Vid Saturnus, varför just i morgon kväll? Vilken annan dag som helst och Clemens hade kunnat stoppa det, men inte i morgon. Varför retade det honom så? Att fånga gladiatortjuvarna var ett uppdrag han fått av kejsaren, samma kejsare som han skulle mörda. Vad spelade det för roll?

Du vet att det spelar roll. Han kunde inte ge upp det han kämpat för, det var inte rätt. Men han var tvungen. Att stoppa kejsaren var så mycket större än att fånga ett gäng tjuvar, så mycket större än allt annat.

Clemens fick en idé.

"Gör som denne Turpilinus bett dig. Vänta där de säger åt dig med vagn och hästar. Din enhörning också, bry dig inte om att komma till cirkusen. Ja, jag *förbjuder* dig att komma dit. Vänta på tjuvarna, ta emot dem och rid iväg."

Hostus såg ut att vilja komma med invändningar, men Clemens förekom honom. "Rid inte dit de vill. Kör i stället till cirkusen. Där ska jag vänta med mitt garde och lejon. Publiken kan behöva lite skådespel för att smälta det som kommer att ha inträffat där."

"Men kejsaren!" protesterade Hostus. "Vad ska kejsaren säga! En fest för Incitatus, och så är j-jag inte där med honom. Kejsaren kommer h-hata mig."

Clemens tog ett steg närmare. Kusken backade, hans ögon lika rädda som vid deras första möte. "Må han då hata dig. Kom bara ihåg: det är inte kejsaren, utan mig, du bör frukta. Gör som jag har sagt åt dig, Hostus. Annars kommer världen få veta att din häst är en enhörning."

Hostus stammade något jakande och praktiskt taget sprang därifrån.

Gudar, tänkte Clemens och tog en klunk vin, *vilken dag som väntar Rom i morgon.*

XIX

Sex år tidigare

Åter tvangs Lucius trängas med dem han inte gillade, med dem som var på cirkusen precis som han – i Apollos obarmhärtiga sommarvärme dessutom. Tältdukar hade spänts som tak för att skugga arenan, men värmen brydde sig inte och luften var kvav på det sätt som bara Roms luft kunde vara. Förberedelserna för kapplöpningen var i full gång, och under tiden ropade pysslingen ut nummer i en tratt. Lucius kramade sin nya, gröna sten, den som skulle ge honom tur. Han kallade den för jadekristallen.

Livet gick åtminstone framåt. Senast då hans långivare överfallit honom hade de fått reda på att Lucius inte hette Turpilinus längre, utan Valerius Asiaticus, och varit vänliga nog att ge honom uppskov på två veckor, samtidigt som de sjudubblat skulden till tvåhundratio denarer. Det var en hel förmögenhet, men den extra tiden hade visat sig vara nyttig och till slut hade Lucius funnit ett sätt att betala av skulden. En börda hade lyfts från hans axlar.

Den nya är betydligt tyngre, tänkte han, men intalade sig att han snart skulle komma på en lösning. Det gjorde han alltid.

"Tretton, fyrtionio, sju ..."

Lucius knycklade ihop sin lott och kastade den ifrån sig.

Jadekristallen hade inte hjälpt, naturligtvis inte. Hur skulle den kunna hjälpa för sådant som var omöjligt att hjälpa? Det gick bara att förlora på Gröne Gnaeus lotteri.

Lucius blängde ned mot den äcklige pysslingen, som just brast ut i skratt liksom nöjd över att ha lurat hundratusen romare på de få slantar de haft över. Eller inte haft över.

Det var de sista quadrans du fick av mig, tänkte Lucius, och banade väg mellan de svettiga åskådare som ropade på att kapplöpningen skulle börja. *Aldrig, aldrig, kommer du lura mig igen.*

I går hade han lovat samma sak. Men den här gången var det annorlunda.

***

Klumpen i magen växte för varje steg som han närmade sig hemmet. Stegen uppför Pinciokullen hade aldrig känts så tunga, och det berodde inte enbart på hettan. Väl uppe tyckte han sig se ansikten bland trädgårdens växter: blöta, sörjande ögon och skarpa, hånflinande tänder.

Asiaticus stod ensam vid körsbärsträdet. Eller vid vad som återstod av det.

"Men vad har hänt?" utbrast Lucius och småsprang sista biten fram till sin far. "Trädet! Det är ju helt förstört!"

Körsbärsträdet hade skrumpnat och vittrat sönder, förtorkat ända från roten. Inte ett löv syntes till, och grenar hade grånat och fallit till marken.

"Någon har plockat dess bär, innan tiden var mogen", sa Asiaticus, som stod med ryggen hopsjunken. "Trädet dog av sorg över att ha förlorat sina barn på det sättet."

Lucius hjärta stannade och laddade upp för ett extra hårt slag, slog två snabba och stannade igen. Han slickade sig om läpparna. "Men det är ju fruktansvärt."

Asiaticus svarade inte.

"Varför? Vem kan ha gjort det här mot dig? En trädgårdsmästare? En politisk rival som vill åt ditt konsulskap?"

När Asiaticus tog till orda var det inte längre en sommardag. En avgrundskall dimma hade gömt sig i hans mage och läckte nu för första gången ut genom munnen.

"Du kan sluta låtsas nu. Jag vet vem det var. Det är inte lätt att sälja världens mest exotiska bär på gatan utan att folk pratar."

Lucius kände tårarna bränna sin väg upp mot ansiktet.

"Snälla, förlåt mig. Jag visste inte. Jag svär vid Jupiter, vid Juno, vid Minerva – jag visste inte! Jag visste inte att trädet skulle dö, jag behövde frukten. Jag behövde den."

"Jag kan tolerera mycket, Lucius. Men aldrig folk som sviker mitt förtroende. Det är för värdefullt för att kastas bort. Försvinn ur min åsyn. För gott."

"Men!"

"Försvinn. Du var aldrig min son."

XX

Dagen var kommen. Dagen som allting lett upp till, från den där regniga lotterieftermiddagen när Lucius fått sin idé, till de sömnlösa nätterna av planering och slutligen sammankallandet av gänget. Allt var färdigt nu. Allt utom Appia.

"För hårt", klagade Flamma från sin bår. "Knappt andas."

"Nå, det blir lättare att spela död om du faktiskt är det", sa Lucius och drog åt bandagen ytterligare. "Dessutom är du halvcyklop – ett par tygbitar kan väl knappast skada dig."

Innan Flamma kom med fler invändningar återvände Kezekem. Skiapoden bar den typ av läderdräkt som de heliga slaktarna brukade bära. Den var dekorerad med fingerlånga, krokiga tänder som skallrade när han hoppade.

"Allt klart vid kejsarens fest, amicus. Cirkusen svämmar över av åskådare och överallt försöker pretorianer bringa ordning. Och bäst av allt – Gröne Gnaeus håller ett lotteri. Hela publiken spelar."

"Roligt för dem", sa Lucius och hörde hur cirkusen mullrade i fjärran. Nej, han skulle inte rusa dit med en rad. Han skulle inte rusa dit!

Så var det dags igen. Lucius fram, Pollio och Kezekem där bak. Armar, ben, rygg – hela kroppen – värkte under tyngden. Lucius var säker på att hans skelett skulle smulas sönder till damm vilket ögonblick som helst. Han var inte byggd för att lyfta Flamma, inte ens med en bår. Fast det var klart, *ingen* var byggd för det.

Och inte blev det lättare av Lucius klädsel. En trådig, vit prästtoga som hela tiden gjorde sig påmind genom att trassla in sig i både armar och ben. Var detta en mästerförklädnad ville Lucius inte veta av konsten något mer.

Juno Monetas tempel reste sig över de kringliggande byggnaderna när gänget smög närmare. Vackert och skrämmande. De satte ned Flamma för att vila och Pollio passade på att ge ifrån sig några förskräckliga toner på sin flöjt; han påstod sig ha övat på instrumentet hela gårdagen för att verkligen leva sig in i rollen som flöjtspelare, men det hade givit föga resultat.

"Inte ens de döva kommer tro på det där", sa Kezekem.

Pollio verkade sårad, men Lucius fann tyvärr ingen anledning att tvivla på skiapodens analys och sa: "Spela bara om det blir absolut nödvändigt."

Trots cirkusens lockelse uppehöll sig oroväckande många på det lilla torget utanför templet. Varje dag – varje timme till och med – tycktes staden svälla som en överjäst bröddeg och ingenstans gick man säker från massans ständiga påträngning.

Någon ceremoni hade dock inte hållits, och utanför porten stod en pretorian som vakt i stället för fyra.

"Stopp där!" sa pretorianen när de närmade sig med Flamma åter svävande mellan sig på ett ytterst mödosamt vis. "Jag känner igen dig, vem är du?"

Den som räckte ut tungan åt dig, tänkte Lucius nöjt men sa: "Naturligtvis känner du igen mig, jag är präst här vid templet."

"Är du? Jaha, men alla präster ska arbeta på cirkusen i dag. Ni behövs för festen."

"Vi har en död med oss. Han ska tas om hand i templet."

"Jaha? Låter som en ovanlig uppgift för en präst."
Pretorianen fick syn på Brontes, som slingrade sig under båren.
"En ödlevarg? Vidriga best! Den kommer inte in här levande."
Från Flamma hördes ett dovt muller, men pretorianen tycktes inte märka något.

"Odjuret ska falla för min yxa", sa Kezekem. "Vi offrar där inne i dag, för många här på torget."

Först nu lade pretorianen märke till Kezekem. "En skuggfoting? Som *victimarius*? Du borde inte få vara på helig mark!" Pretorianen hejdade sig och tillade: "Vet du förresten något om skuggfotingen som var inblandad i gladiatorstölden häromdagen? Har varit stort pådrag efter honom."

Kezekem höjde rösten. "Skulle jag känna alla skiapoder i hela Rom? Vet du hur stor staden är? Vad skulle du säga om jag antog att den där skurkfaunen som lämnat pretoriangardet och leder uppror i Noricum är din bror?"

Pretorianen blev lite lätt röd om sina polisongprydda kinder. Han slog ned blicken som hastigast och öppnade bronsporten. Den här gången räckte Lucius inte ut tungan.

"Vad du kan", viskade Pollio till Kezekem. "Jag har aldrig ens hört talas om någon skurkfaun som leder uppror i Noricum."

Kezekem flinade. "Inte jag heller."

När porten smällde igen bakom dem blev allt tyst. Templet var fullständigt öde: inte en präst, inte en myntslagare, inte en pretorian. Cirkusens fest var alltför lockande.

Äntligen kunde de ställa ned Flammas bår. Lucius armar var brutna trästickor, hans bröst brände och benen var lealösa klumpar, men gänget hade klarat det. De var inne i templet, det svåraste torde vara avklarat.

I rädsla för att Flamma skulle tröttna på att vara död och lösgöra sig från sina tygbojor på egen hand, skyndade hans vänner sig att vira loss bandagen och noga vika ihop dem.

Kezekem hade kommit med idén: bandagen var de säckar de skulle frakta bytet med. Skiapoden hade alltid verkat mån om de finansiella aspekterna av stöten.

Lucius ville inget hellre än att riva av sig sin toga, men tvingade sig att bevara sin förklädnad bara ett tag till. Han visade vägen djupare in i templet, till statyn vars marmor var av månsken, av solsken, av underbar färg. Till Juno Moneta. *Det känns nästan fel att råna henne*, tänkte Lucius, men rättade sig genast. *Det är inte Moneta vi rånar. Det är Gröne Gnaeus.* Men ändå, det *var* gudinnans tempel.

Pollio och Flamma stannade med vördnadsfulla ansikten framför statyn – till och med Brontes avbröt de ivriga gläfsningar hon påbörjat för att välkomna husse tillbaka till de levandes värld – men Kezekem fortsatte förbi och fingrade på de påsar med opräglade metaller som stod staplade mot väggen bakom.

"Sluta upp med det där", sa Lucius. "Kom ihåg varför vi är här. För Gröne Gnaeus lotteripengar, för Juno Monetas skatt. Inte för några metallskärvor."

Kezekem gjorde en min av att vilja diskutera saken, men gav upp försöket då Lucius ändå ägnade sin uppmärksamhet åt den mörka lucka i templets hörn som hade en så gåtfull inbjudan till underjorden.

Lucius knackade på luckan som planerat. Fem hårda knack, som han sett *victimarius* göra, men ingen öppnade. Han provade igen – fortfarande ingen reaktion. Han försökte trycka ned naglarna i springan mellan luckan och golvet, men fann sig ha bitit för mycket på dem. Han skulle just be Flamma om hjälp när en viskning hördes.

"Den lilla soldatstöveln styr Rom, men har han några strumpor?"

Strumpor? Dis, hur kan jag missat det här! Lucius tecknade åt de andra att hålla sig tysta.

"Förlåt", sa han, "men jag har visst glömt koden."

Det dröjde innan rösten på andra sidan svarade, och när den gjorde så drog den på varje ord i klassiskt tveksamt manér. "Är det du, Gaius Bonus? Har du redan glömt det nya lösenordet?"

Lucius snubblade nästan fram ett ja, men så tänkte han sig för. *Vad för typ av toppsäkert tempel nöjer sig med ett enkelt ja? Det måste vara en fälla.*

Vad var det Chymes hade sagt? Alla heter Marcus i den här staden.

"Nej", sa Lucius, "det är Marcus. Jag kommer från cirkusen."

"Typiskt dig …" mumlade rösten och ett gnisslande hördes när luckan låstes upp från insidan. Den skakade till, föll in och avslöjade en stege ned till ett stenlagt utrymme med facklor som brann på väggarna. Och en präst som kisade upp med ett förvånat uttryck i ansiktet.

Smack! Lucius landade rakt på prästen. Innan prästen hunnit resa sig gav Lucius honom ett slag med näven som fick knogarna att knaka.

"Ledsen, kompis", sa Lucius när han genom näsblodet kände igen det nu utslagna ansiktet som den präst som visat honom Monetas staty.

"Varför tvingade du oss kånka hit halvcyklopen?" sa Kezekem, som redan stod vid Lucius sida och överräckte ett stycke rep. "Du verkar kunna slåss utmärkt på egen hand, amicus."

Lucius fnös och band fast prästen. Lucius tyckte nästan synd om honom; allt han gjort var att öppna templet för Lucius, två gånger till och med, och som belöning fick prästen en skev näsa och bundna händer och fötter.

Pollio tog stegen ned. Flamma hoppade och landade med en duns som fick marken att skaka, och att döma av vigheten var han helt läkt från sina skador. Otroligt vad en halvtimme inlindad i bandage kunde göra. Säckarna höll han som ett bylte under armen och i högerhanden bar han Roms mest fruktansvärda slägga. (Lucius hade noga förhört sig om saken, han hade trots allt köpt den för sina egna, hederligt tjuvade denarer.) Sist kom Brontes, med tungan ur mun och sin skabbiga svans i en slingrande viftning.

Bredvid stegen var en konstruktion med spak och kedjor inbyggd i väggen. Lucius drog i spaken och luckan stängdes tillfredsställande ovanför. Allt ljus kom från facklornas rödfladdrande sken, vilka – till Lucius näsas stora förskräckelse – var doppade i sulfat, talg och kalk för att förlänga brinntiden.

Lucius tog en fackla och svepte den framför sig för att inspektera rummet: helt runt, som botten av en brunn, med svarta, blanka stenar. Och en gång som ledde bort.

"Nå", sa han, "jag antar att vi ska ditåt."

Kezekem stannade upp; tänderna på hans dräkt tystnade. "Vänta, amicus? *Antar*? Du har väl en plan?"

"Ja, såklart", sa Lucius stött. "Vad för en ledare tvingar ned sina vänner i underjorden om han inte har en *plan*? Skatten är här framme. Det kan inte vara långt."

Pollio gav honom en menande blick. Han förstod. Allt var mörker nu.

XXI

Clemens kunde inte avgöra om jadekristallen slutat kalla på honom – nu när han hörsammat dess rop efter hjälp – eller om han helt enkelt vant sig vid dess puls, men han mådde hur som helst mycket bättre än i går. Allt han kände var ett lätt illamående. Vinets fel, kanske.

Det var en stilla eftermiddag kejsaren valt för festen. Vinden en lätt bris, luften varmare än den varit de senaste dagarna. Och cirkusen dånade. Odjur, gladiatorer, publik – alla vrålade.

Senatorerna var där hela bunten; satt på de nedersta raderna inte långt från Clemens med sina togor skinande vita. Clemens studerade senatorernas ansikten. De hade streck till munnar, böjda ögonbryn och veck i pannan. Visste de vad som väntade? Var de invigda i konspirationen allesammans – trots att Ma Kuang bara nämnt några vid namn – eller var de helt enkelt bekymrade över att kejsaren tänkte utse en häst till deras överordnade?

Trots sina bistra uppsyner uppskattade många den kamp mellan det sargade lejon och den kynokephal som utspelade sig i cirkusens mitt.

"Sikta mot halsen! Mot halsen!" skrek en gällröstad senator när kynokephalen morrade med sitt hundansikte och närmade sig lejonet med det svärd den plockat upp från en död gladiator. Kynokephalier var inte särskilt intelligenta men kunde imitera mänskliga rörelser de nyss observerat, och gladiatorn hade svingat sitt svärd rätt väl innan en sjubent fågel tryckt in sin näbb i hans nacke och sörplat i sig hans ryggrad.

Bakom Roms elit hopade sig rad efter rad av pöbeln, med slitna smutsiga kläder. Pöbeln jublade lika högt som senatorerna när kynokephalen avvärjde lejonets språng och lyckades sprätta upp odjurets mage med sitt nya vapen.

Segern varade inte länge. Fler bestar släpptes lösa, och kampen togs åter upp. Clemens vände bort blicken med avsmak. Var det inte dags för kejsaren att bryta gladiatorspelen snart? Men nej, Incitatus upphöjning till konsul var inte planerad förrän sista timmen före solnedgången.

Några trappsteg upp, i sin personliga loge, på sin speciella portabla ämbetsstol i elfenben – sin *sella curulis* – som visserligen hade högt symbolvärde men vars främsta egenskap tycktes vara dess obekvämhet, satt kejsaren; omgiven av pretorianer som vaktade honom och slavar som matade honom. Och vid kejsarens vänstra sida satt exkonsul Valerius Asiaticus, som blivit särskilt inbjuden. Clemens skakade på huvudet. Han fann det otroligt att Asiaticus accepterat med tanke på hur kejsaren behandlat honom. Eller rättare, med tanke på hur kejsaren behandlat hans fru. Av alla avrättningar Clemens utfört kändes den minst rätt.

Saturnus, hade *någon* avrättning varit rätt?

Ändå satt Valerius Asiaticus där, bredvid kejsaren, med sitt blemansikte som inte förrådde några känslor. Om det var ett bevis på att kejsaren hade alla i sitt grepp, eller på att Asiaticus var villig att göra vad som helst för att behålla sin politiska makt, kunde Clemens inte avgöra.

Undrar hur han kommer reagera när kejsaren blir attackerad.

Kejsaren själv såg sannerligen ståtlig ut för dagen. Hans tunna ljusbruna hår svepte bara ned kort över pannan och hans smaklösa början till skägg – ett försök att efterlikna Jupiter – gjorde inte mycket för att förstöra bilden då blickarna hur som helst drogs till det han höll i handen. Där, från högerhanden och ned till marken, var en snirklig stav av exceptionell kvalitet; ett verk av en verklig mästare, en spira i elegant silver, och längst upp – ett par fot över kejsarens huvud – omsluten av snidade symboler i guld, gnistrande som en grön sol, som en stjärna, som Apollos ljus eller Jupiters blixtar, var jadekristallen.

Clemens andhämtning växte sig tung när blicken fastnade på det han givit bort, på det som var *hans*. Kristallen kallade på honom igen, pulserade med ett djupgrönt sken. Han kunde ta den nu. Beordra pretorianerna att flytta sig, sticka ett svärd i kejsarens mage och rycka loss jadekristallen ur den spira som var ett hån mot dess kraft. Så nära ...

Clemens tvingade bort blicken. Bäst att inte frestas, inte väcka uppmärksamhet. Tiden var ännu inte inne: mordet måste vänta till utnämningen. Ma Kuang hade varit mycket tydlig på den punkten, även om han vägrat förklara varför.

Clemens undrade hur hans medkonspiratörer skulle reagera när de upptäckte att han tog jadekristallen för sig själv. Förmodligen skulle det bli strid om saken, även om Clemens av erfarenhet visste att människor sällan gav sig in i frivillig kamp mot en faun.

För att slippa både jadekristallens frestelse och det vedervärdiga slaktandet i cirkusens mitt vände Clemens åter blicken mot de figurer som satt på cirkusens nedre rader. Där satt Annius Vinicianus och samtalade med sin farbror Marcus Vinicius på ett sådant sätt att de knappt öppnade munnen. Annius vred genast huvudet och stirrade Clemens rakt i ögonen.

Clemens rös. Mer och mer kände han att han valt rätt lag; det var farliga män han hade att göra med, inte alls sådana man ville ha som fiender. Speciellt Ma Kuang, som för övrigt inte syntes till. Det förvånade inte Clemens. Baserat på det lilla han visste om främlingen verkade han inte vara typen som gillade att stå i förgrunden.

Ja, de är farliga, tänkte Clemens, *men jag hade fel. De kommer inte gå i strid för jadekristallens skull. Det är bara ett smycke för dem. Otroligt värdefullt och magnifikt, men bara ett smycke. De vet inte vad den egentligen är. De vet inte vad den kan göra.*

Det visste förstås inte Clemens heller. Inte mer än att den krossat det egyptiska riket.

På sätt och vis kommer den krossa vårt också.

Det kunde inte vara långt kvar nu. En timme att döma av soluret utanför kejsarens loge. Då skulle slavar gå för att hämta Incitatus och Hostus, och upptäcka att både enhörning och kusk saknades. Att de stod och väntade på ett gäng tjuvar.

Ytterligare en sak Clemens medkonspiratörer skulle bli förargade över. Det kunde inte hjälpas – Clemens tänkte inte låta de förbannade tjuvarna smita undan.

XXII

Odjuret brölade och kastade upp huvudet så att fjorton horn sköt ur hålen i dess panna.

"Vad *är* det där?" sa Pollio med en avsmak Lucius gärna delade.

"Inte vet jag", sa Lucius, trots att det låg något bekant över odjuret. *Dis*, tänkte han sedan, *jag har sett dig på bild, har jag inte? För många år sedan. Varför stod det inget om hur du besegras?*

Flamma vrålade och kastade sig fram med sin slägga i bägge händer. Han siktade mot odjurets mage – en stor gråslaskig boll i dess mitt – men odjuret drog häftigt efter andan och magen flyttades längre upp och Flamma missade med en hårsmån.

Odjuret fällde ut sina svarta, fladdermusliknande vingar och flaxade så kraftigt att Flamma flög bakåt av vinden. Halvcyklopen kom snabbt på fötter, men trots det såg han liten ut i jämförelse med sin motståndare.

"Borde vi inte hjälpa honom?" sa Pollio.

"Nä", sa Kezekem, "vi vill ju inte störa vår kämpe när han är som mest upptagen. Eller hur, amicus?"

"Nej", svarade Lucius, "det verkar dumt."

"Skulle inte störa!" skrek Flamma samtidigt som han undvek en bitattack från odjuret.

"Hörde du något, Kezekem?"

"Va? Nä, inget alls."

Flamma fick in en träff vid odjurets midja. Skal krossades och ett av odjurets spindelben lossnade och föll till marken. Odjuret haltade. Det verkade visserligen ha tre eller fyra ben till men det tjöt av smärta.

Flamma hoppade åt sidan och slog loss ytterligare ett ben. Odjuret föll till marken. Oskadliggjort.

"Seger!" sa Flamma vänd mot sina kumpaner. Det gnistrade rött i hans svarta öga.

Lucius låtsades befinna sig på cirkusen för blott ett ögonblick och kastade ut sin högra arm med tummen rakt pekande på kombattanterna. Flamma höjde sin slägga i hälsning och vände sig mot odjuret, redo att krossa dess skalle; hundra libra järn mot ett oskyddat odjurshuvud.

Flamma föll till marken.

Lucius såg på i fasa. Benen Flamma slagit loss *rörde* sig. Inte nog med det, de *slogs*. Ett av dem hade greppat tag i Flamma och höll honom fastnaglad med klorna; det andra närmade sig med öppna käftar, redo att bita hans hals.

Lucius ville stoppa dem, ville rädda den där store token, men allt gick så snabbt. Lucius var för långsam.

Det var inte Kezekem.

På ett ögonblick var skiapoden framme. Han sparkade bort käftbenet, men det hoppade tillbaka till odjuret vilket ställde sig på nu stadiga ben och brölade, åter redo för strid. Då mindes Kezekem att han inte var någon kämpe – han vacklade, vapenlös och klen, och Flamma hölls fortfarande fast av klobenet.

Något sken genom luften – Brontes. Ödlevargen slingrade sig mellan odjurets attacker. Ylade och väste, bet och slickade med sin giftiga tunga. Och sköt blixtar. Brontes lyste som en storm. Korta upplysta ögonblick i det annars tunga mörkret. Som ett åskoväder en regnig natt. Som Jupiter.

Lucius gapade. *Brontes* var Jupiters utvalda. Den som

vestalen talat om. Det hade aldrig varit Appia – det var Brontes. Lucius hade funnit henne på cirkusen, och nu lyste hon upp underjordens mörker.

Blixt på blixt. Odjuret brändes och ryggade undan. Benet som höll fast Flamma gick upp i rök och halvcyklopen var fri.

Kampen var inte över. Inte ens Jupiters utvalda, förutspådd av en helig vestal, kunde rå på odjuret. Det gjorde ett nytt utfall. Rusade som en tjur med alla fjorton horn ute. Flamma slog undan det med sin slägga, en smäll rakt på dess annalkande huvud, men odjuret var oberört.

Det verkade så märkligt. Trots alla deras fasansfulla detaljer hade alla odjur Lucius sett – både på gladiatorspel och i papyrusrullar – haft en sak gemensamt, en sak där enbart blemmer var undantaget: att de styrdes av sitt huvud. En jättemyra klarade sig inte utan sitt huvud, lika lite som en salamander eller en människa gjorde. Huvudet var bland det viktigaste djuren hade, och det sämst skyddade – sårbart.

Odjuret skadades inte. Tvärtom, det blev bara mer ursinnigt. Ruskade på huvudet, hornen intakta, små guldögon glimmande därunder. Ögon, mun, horn: ett ansikte, så dyrbart för alla djur ...

Varför hade alla djur sårbara huvuden?

Lucius kastade en blick på odjuret medan det försvarade sig från Brontes blixtar. Där var den där gråslaskiga magen, dallrande runt, hela tiden i rörelse för att undvika ödlevargens attacker. Pösig och rund, med ett komplext system av fåror.

"Magen!" fann han sig skrika till Flamma. "Slå på dess mage! Den grå bollen! Det är dess hjärna!"

Fortsatt dans, samma som innan, men nu fokuserade Flamma alla utfall på det utpekade målet. Odjuret skickade det upp och ned längs kroppen för att undvika att bli träffat, men till slut fick Flamma in ett slag och magen – hjärnan – kläcktes som ett ägg och stänkte över hela omgivningen.

"Ugh, stank", sa Flamma, där han stod helt genomdränkt i den grå sörjan, och ögonblicket efter kände Lucius det med. En lukt som sprungen ur Tartarus avgrund, sökande sig inte enbart in genom näsborrarna, utan trängande sig åt sidan och vidare över hela ansiktet; som ett hölje innanför huden, som en mask som inte gick att ta av.

Bakom sig hörde han hur Pollio tömde magen. Och i sörjan från det som en gång var odjuret såg Lucius rester av kadaver från andra djur, fortfarande inte helt behandlade av magen som också var hjärna eller hjärnan som också var mage.

"Nu vet vi åtminstone vad prästerna gör med offerresterna", sa Lucius lågt.

Kezekem hoppade fram till Flamma, som kliade den helt utmattade Brontes med sina cyklophänder. "Tur att du snart är rik, amicus. För den där tunikan kommer aldrig bli ren igen."

Flamma tittade upp. Hans öga tappade sakta sin röda glöd. "Du räddade mig, Kez. Du, Brontes − tillsammans."

Kezekem ryckte på axlarna. "Vi har ju en skatt som väntar oss."

XXIII

Appia tyckte hela saken var löjlig. En fest där hela Rom var bjuden, dans, exotiska djur och gladiatorer. Fastän hon praktiskt taget vuxit upp på cirkusen hade hon bara sett gladiatorspel någon enstaka gång. Det hade aldrig funnits någon tid för det mellan att piska hästar och att själv bli piskad.

Löjligt, men lik förbannat var hon där. Sanningen att säga hade hon inte mycket annat att göra och brödet *var* gratis för åskådarna. Skådespelet också förresten, allting för att sälja fler lotter.

Trots att hon ägnat hela sitt liv åt att önska att hon kunde komma därifrån – bli fri – kunde Appia inte bli kvitt den gnagande känslan i bröstet. Hon saknade livet som kusk.

Hon såg inte mycket där hon satt, långt bak, fullt med huvuden framför sig, och trots att hon själv saknade erfarenhet av lejondråp förstod hon hur gladiatorerna kände sig. Hjärtat som pumpade så högt att det kändes som om det fastnat mellan öronen, handen som värkte efter greppet kring svärdet, hundratusen skrik från läktaren.

Så många hade ropat hennes namn under hennes karriär att Appia faktiskt var smått förvånad över att ingen kände igen henne nu, där hon satt mitt ibland deras knuffar. Det verkade som om Rom hyste alltför många invånare för att det skulle vara möjligt att hålla reda på alla.

Det lilla hon såg av spelen påminde henne om Flamma. Den enögde jätten hade verkat så oskyldig, trots sitt urskillningslösa våld.

Det är i kväll, tänkte hon. *I kväll som de ska göra det.*

En egendomlig känsla, att de skulle genomföra kuppen utan henne, att hon övergivit det som hon varit med om att bygga upp. De hade litat på henne, och hon hade förrått dem.

Sluta löjla dig. Det finns inget du kan göra nu. Det är för sent.

Ja, det var för sent. Och det betydde dessutom att hon aldrig skulle få se sin andel av de sjuhundratusen denarer Lucius utlovat.

Appia skakade på huvudet, något hon genast ångrade då hennes näsa för ett ögonblick hamnade under armhålan på den blem som satt bredvid henne; av icke uttalade anledningar var huvudlösa varelsers armhålsstank så stark att man helst omedelbart önskade glömma den (vilket naturligtvis var omöjligt då lukten klängde sig kvar i näsan i minst tre dagar). Hon tvivlade fortfarande på att så mycket pengar existerade. Vem skulle kunna använda allt det? Även om hon grundade ett eget purpurfärgat stall på cirkusen och importerade de finaste hästarna i världen skulle det bli så mycket pengar över att de bildade en hög högre än den högsta kolonn.

Lucius hade förstås lovat att de fanns, men det betydde ingenting. Lucius lovade massa saker.

Fokusera på spelen i stället, uppmanade hon sig själv och sköt undan tankarna. I cirkusens mitt pågick fortfarande en våldsam kamp, slipade vapen mot vilda bestar. Tjurar stångades, ödlevargar omringade ett skadat byte och färska jättemyror släpptes lösa för att öka galenskapen i allt. En ivrig sparklemur övergav sin kamp med en gladiator och störtade fram mot nykomlingarna. Med en bakåtvolt gav den en av myrorna en sådan kraftig spark att myrans huvud lossnade och flög högt i luften.

Det hördes ett gemensamt *åh!* från cirkusens åskådare när huvudet landade bland de främre raderna och skvätte blod, men åskådarna vände snabbt tillbaka blickarna mot spelet för att se hur sparklemuren blev övermannad av den hämndlystna flocken jättemyror.

Men inte Appia. Hennes ögon var fastklistrade på platsen där huvudet landat. För precis bredvid – torkande av sig myrblod med baksidan av handen – satt en person hon kände alltför väl.

Appia kände rysningar sprattla längs ryggraden och upp. Det var hennes tidigare herre. Hans ögon vände sig genast mot henne, iskalla och gruvliga. Tvärsöver hela cirkusen strålade hans blick rakt på henne. Krossade henne. Hon tappade andan.

Han kommer hämta mig, förstod hon. *Jag är inte fri. Jag är en slav. Jag kommer alltid vara en slav.* Såren på ryggen sved, som om de redan förberedde sig på sina piskrapp.

Han vände blicken mot cirkusens mitt. Instinktivt gjorde Appia likadant, och såg den uppståndelse som där rådde.

Dansen hade upphört. Alla gladiatorer och vilda djur var borta. Bara lik kvar. Ned från sin loge vid de nedre raderna rörde sig en figur, klädd i toga och med en skimrande silverstav i handen – kejsaren. Han skulle upphöja Incitatus till konsul.

Han steg ned på sanden. Publikens jubel växte till himlen och ovan. In leddes en häst. En grå häst med manen majestätiskt tvinnad i flätor.

Grå? Appia stelnade till. Incitatus var *svart!*

Hostus var inte heller där. Det fanns bara ett ställe dit han kunde tagit vägen.

Kejsaren upptäckte felet. Han vände sig om, för att utkräva svar, men mötte bara en klunga senatorer och annat fint folk. En av dem höll något litet som blänkte.

Kejsaren var så förvånad att han inte reagerade förrän

de stuckit kniven i hans hjärta. De drog ur den och stack in den igen, gång efter gång, och hans kropp blev full med hål. Pretorianernas prefekt, Clemens, ryckte åt sig kejsarens stav.

Publiken hade tystnat.

Sedan drog skriken igång.

XXIV

Ett stup, rakt ned i underjorden trots att de redan var där, mörker där nere; kolonner stack upp därifrån, som en stig, och vinden ven i evig klagan och drog och slet som på toppen av ett berg.

"Det kan vara en fälla", varnade Pollio.

"Verkligen?" sa Lucius och svepte med facklan som fladdrade i vinden. På varje kolonn, bakom lav och mossa, var en blodröd bokstav ritad.

"Vad betyder det?"

Lucius skakade på huvudet. "Ingen aning, men vi måste ta reda på det innan vi kan gå över."

"Kanske koden vi behövde för att komma in?" föreslog Pollio. "Det där om strumpor."

"Knappast. Varför skulle det vara samma lösenord två gånger? Juno Monetas skatt är värd mer än så."

De tystnade och Lucius studerade kolonnerna mer noggrant. Tio rader i djup, alla med tjugoen alfabetiska bokstäver prydligt uppradade bredvid varandra. Det betydde att bara de två grekiska bokstäverna Y och Z saknades, templet var äldre än de. Så många kombinationer, bara en rätt lösning – det påminde om lotteriet.

Den lilla soldatstöveln styr Rom, men har han några strumpor?

En bra idé, för att vara Pollios, men nej, det kunde inte

vara svaret. Till att börja med var det inte tio bokstäver, och det hade varit idiotiskt i vilket fall. Men vad *var* tio bokstäver?

"Jag har det!" utbrast Lucius.

De andra tittade på honom med höjda ögonbryn.

"Mycket enkelt egentligen, det är förstås *IVNO MONETA*. Det är den enda tiobokstaviga kombinationen som är logisk i sammanhanget."

"Juno Moneta?" sa Kezekem och lade sig ned för att kunna klia sig på hakan med foten. "Är inte det lite lätt?"

"Kanske", medgav Lucius, "men det är inte *IVNO MONETA* som är svaret, utan *MBQR PRQHAD*. Ni förstår, jag har hört hur hängiven Julius Caesar var med att chiffrera sina brev, en försiktighetsåtgärd ifall de skulle falla i orätta händer; en förskjutning i tre steg, så att *A* blev *D*. Nå, jag har anledning att tro att samma sak gäller här."

Han avbröt sig för deras invändningar. Men inga sådana kom. Pollio nickade; Flamma stod med säckar, slägga och Brontes i famnen; Kezekem borstade loppor från ansiktet. *De hänger ju inte med överhuvudtaget. Så förvånande.*

"Nå", uppmanade han dem, hjälpande dem på traven, "ska ni inte fråga varför? Ska ni inte fråga varför samma regel gäller här som den gudomliga Julius använde för hundra år sedan? Templet byggdes ju långt före, ska ni inte fråga hur dessa kolonner då kan vara baserade på hans chiffermetod?"

Kezekem gäspade. "För att den här gåtan inte är baserad på Caesars metod, amicus – utan tvärtom. Det var så han tog makten, genom att studera templet, lösa dess gåta och skörda de krafter som fanns gömda här. Sedan lät han alla sina brev vara en hyllning till sin kraftkälla. Den som därefter listade ut hans hemliga ord skulle darra av skräck. Något mer?"

"Va? Hur kan *du* veta det? Hur?"

"Men snälla amicus, alla som läser Acta vet den saken."

"Acta? *Acta diurna*? Varför skulle jag läsa den smörjan?

Bara massa skvaller och påhittade spådomar, ibland någon kort politisk nyhet som passar de högsta familjerna i smaken. Julius Caesar dog för hundra år sedan! Du var inte ens född då."

"Faktiskt var jag det", sa Kezekem.

"Var du?" Lucius plirade med ögonen. "Hur gammal är du egentligen?"

Kezekem ryckte på axlarna. "Äldre än den där döda gamla gubben, iallafall."

Lucius gned händerna över ansiktet och drog några djupa andetag. Han visste att skiapoder blev äldre än människor, men inte att de blev *så* gamla. Det verkade märkligt att Kezekem levde innan Rom styrdes av kejsare, men ändå studsade runt och betedde sig som en tvååring.

"Och ni då?" sa Lucius till Pollio och Flamma. "Vid Dis Pater, hur listade ni ut det?"

Flammas öga skiftade till något rosaaktigt. "Listade inte ut. Litar på dig."

Lucius kände sig obekväm. "Det spelar ingen roll, *MBQR PRQHAD*, det är vägen vi ska ta." Han tog en konstpaus. "Fällan är livsfarlig, och vi vet inte om det är rätt. Det är bäst att jag går först."

Inga invändningar.

Förbaskade egoister, tänkte han.

Han ställde sig vid kanten, tog ett djupt andetag och vägrade titta ned. *Det finns ingenting där nere*, intalade han sig, *så det finns ingen anledning att titta.*

Han tog ett spänstigt kliv – slapp åtminstone hoppa – och fann sig stående på den första kolonnen, *M*. För ett ögonblick skakade kolonnen till, som för att utlösa en fälla, och Lucius höll andan i fruktan över att falla ned i avgrunden. Kolonnen lugnade sig, och han stod kvar i den isande vinden.

Det kunde betyda att han hade rätt, att lösenordet verkligen var *MBQR PRQHAD*. Eller att han bara gissat rätt med en chans på tjugoett. Tjugoett var inte ett särskilt stort tal, till och med mindre än de tjugotre knivsår Julius Caesar fått då han mördats.

Har kejsaren drabbats av samma öde? tänkte Lucius medan han lämnade kolonnen och klev över till avsatsen som skiljde första och andra raden åt. En naturlig men smal brygga av sten som tillät Lucius att välja en ny kolonn helt efter eget tycke. Han balanserade på avsatsen, gick förbi kolonn efter kolonn, och fann sig stå framför den näst längst bort, *B.*

Han tog ännu ett djupt andetag och klev ut på kolonnen. Den höll.

Bakom honom jublade hans kamrater, och Lucius själv var så lättad att han nästan tappade balansen. Men så påminde han sig om att han fortfarande kunde ha fel, ha *tur*, och blev genast nervös igen. Chansen att gissa rätt två gånger i följd var en på fyrahundrafyrtioett. Och det var inte alls särskilt betryggande med tanke på att fyrahundrafyrtioett till och med var mindre än de fyrahundrafyrtiofem dagar året varit det förvirringsår då Julius Caesar ändrade i kalendern.

Först när den tredje kolonnen inte protesterade kände Lucius på riktigt glädjen bubbla upp från magen. Tre i rad! Vad var chansen för det? En på niotusenvåhundrasextioett! Det var lika många som ... som ... äh! Mer visste han inte om Julius Caesar.

Han praktiskt taget skuttade fram över de sista sju kolonnerna.

På andra sidan smalnade världen åter av till formen av en tunnel. Ingången markerades av en port uthuggen ur berget, vilken var prydd med snirkliga dekorationer av gudar och bestar och demoner som tycktes komma till liv när facklans röda sken lekte över dem. Var det där skatten gömde sig? Dis Pater, något blänkte där inne!

Lucius tog två snabba steg innan han hejdade sig. Han

borde inte hitta skatten ensam. Det vore inte rätt. De andra var lika delaktiga som han själv; de förtjänade att dela triumfen. Och vem visste vad för odjur som väntade ännu? Var nog säkrast att Flamma var med. Lucius vände sig långsamt, motsträvigt, och tittade tillbaka mot vägen han kommit från. De andra syntes inte. Facklans sken blev allt svagare och räckte knappt över avgrunden längre.

"Hallå!" hojtade han. "Hör ni mig?"

Hans eko svarade honom, men inget mer. En brinnande ilning ven genom kroppen. *Vi har blivit upptäckta. Pretorianerna har tillfångatagit dem. Jag är helt ensam i allt.*

"Vi hör dig klart och tydligt!" svarade Pollios röst från mörkret. "Och vi ser din lilla ljusprick där borta, som en stjärna!"

"Kom hit då! Kom bara ihåg: *M-B-Q-R-P-R-Q-H-A-D!*"

"Men snälla Lucius, vi kan inte!"

Kan inte? tänkte Lucius. *Vadå kan inte?* Sedan slog det honom. *Mörkret. De ser inget.*

"Jag kommer tillbaka!" ropade han.

MBQR PRQHAD, tänkte han och gick.

***

Pollio stod med öppen mun när Lucius återvände.

"Hungrig?" frågade Lucius.

Pollio blinkade till, som löst ur en förtrollning. "Du kom *därifrån!*" utbrast han och pekade på en kolonn.

"Jaha?"

"Ja, och du gick *därifrån!*" sa Pollio och pekade i en annan riktning. "Först på *M* och nu på *D!*"

Lucius kände modet sjunka, som om han tappat det i avgrunden. *Han har rätt. Jag gick samma lösenord i båda riktningar – det betyder spegelvänt och olika vägar. Men det måste betyda …*

"Jag är ledsen", sa han, "men vi listade aldrig ut lösenordet."

***

Flamma verkade inte övertygad. "Fällan inte ramla ned? Fällan komma över?"

"Ja, jag såg ett rum på andra sidan. Jag trodde det var skattgömman men nu förstår jag att det är ett fängelse. Vad som än är i avgrunden – det är dit vi ska."

"Okej, amicus", sa Kezekem lojt, "då testar vi oss fram. Inget händer ju ändå när vi gissar fel."

Lucius suckade. "Vet du hur många kombinationer det finns? Du lever länge, tydligen, men du skulle ändå aldrig hinna klart med det under din livstid. Om allt gått enligt plan är kejsaren död nu, men inte ens det kommer göra oss osynliga för evigt."

De provade ändå. Flamma satte försiktigt ned Brontes, djuret var fortfarande helt utmattat, och lånade facklan för att prova en till synes helt slumpmässig kombination. Det fungerade inte. Kezekem struntade i kolonnerna och hoppade i stället mellan avsatserna – på väg tillbaka tog han sitt enda ben och gick rakt fram i mitten, bildade *LLLLLLLLLL*, men till ingen nytta.

"Jag hoppas du tänker prova något smart", sa Pollio sedan han försökt sig på ett ochiffrerat *IVNO MONETA*.

"Jag har redan provat, som du vet", sa Lucius.

"Men du ska prova igen."

"Nej", sa Lucius och spottade. "Jag ska inte prova igen. Jag har ju sagt åt er, det är meningslöst. Ni hade fattat det också om ni inte varit så urbota korkade. Vi har förlorat. Vi kommer aldrig nå skatten."

Pollio backade undan. Han satte sig på marken ett stycke bort tillsammans med Flamma och Kezekem, vilka kastade sneda blickar på Lucius. De verkade arga över att Lucius var arg, men det hade han all rätt att vara. Han hade lagt sitt allt i den här planen. Haft den i tankarna varje vaket ögonblick, relaterat allt han sett till den: en tänkbar gängmedlem här, en tänkbar fiende där, en tanke, en doft, en dag. Allt till ingen nytta. Det skulle inte bli några sjuhundrasextiotretusen denarer, det skulle inte bli något alls. Och det var hans eget fel. De hade inte förlorat för att ett odjur besegrat Flamma, eller för att Kezekem misslyckats med att skugga en pretorian. De hade förlorat för att Lucius inte lyckats knäcka en kod. Han borde klarat det; han hade frigivit en gladiator, lurat Clemens att tro att en vanlig sten hade magiska krafter, krånglat sig förbi prästen och …

Vänta ett slag, vad var det prästen hade sagt? *Den lilla soldatstöveln styr Rom, men har han några strumpor?* Pollio hade föreslagit det, men det bestod inte av tio bokstäver. Vad det dock bestod av var tio ord.

Den lilla soldatstöveln styr Rom, men har han några strumpor? *D-L-S-S-R-M-H-H-N-S.*

Det kanske inte var rätt – nej, säkert fel – men det var värt en chansning. Och om det inte fungerade tänkte Lucius hoppa ned i avgrunden.

***

Lucius gick över kolonnen och vände sig för att lysa vägen för de andra. De hårt lindade tygbitarna i facklans ände hade blivit allt tunnare, och Lucius fruktade att det inte var långt kvar innan facklan brann ut. Det blev farligt trångt på avsatsen, men allihop lyckades ta sig till nästa kolonn utan att ramla ned.

Tänk om det inte finns någon skatt, tänkte Lucius medan de gick. Det verkade osannolikt, men det förklädda fängelset på andra sidan avgrunden hade fått Lucius att fundera. Han mindes något Appia sagt när han presenterat planen: *Så mycket pengar finns inte ens.*

Varför skulle Lucius tro på de enorma summor Gröne Gnaeus utlovade till den som vann på hans lotteri? Varför skulle den grönklädde pysslingen betala något alls? Kanske var det därför ingen någonsin vann, för att inget fanns att vinna.

En obehaglig tanke – Lucius tvingade sig att fokusera på gåtan i stället. "Sista kolonnen, *S*."

Lucius ställde sig på den och förberedde sig på att sjunka ned i avgrunden, där skatten måste vänta. Men inget hände. Han var över på andra sidan. Ännu ett misslyckat försök. Gåtan var fortfarande olöst. De andra gick också över; ingen sjönk ned i avgrunden.

Men bergväggen framför dem öppnades med ett brak.

Där, bredvid den port Lucius sett tidigare, fanns nu ytterligare en port. Identisk med den första. Gudar och bestar och demoner som kom till liv.

"Otroligt", mumlade Lucius och gick fram till den nya porten.

"Heliga krafter", sa Flamma. "*T'rrch'un* leder oss."

"Pollio", sa Lucius, "du stannar här utanför och vaktar. Bäst att ingen överraskar oss när vi är där inne, med allt guld i famnen, inte nu när kolonnernas gåta är löst. Varna om någon kommer."

"Hur?" frågade Pollio med en röst som gav Lucius dåligt samvete.

"Med din flöjt naturligtvis. Dess gräsliga toner är omöjliga att missa."

Pollio nickade. Det var ju ett obestridligt faktum.

"Flamma, du kan lämna Brontes med Pollio. Så slipper du bära henne hela vägen."

Halvcyklopen skakade på huvudet. "Brontes med mig. Alltid."

Lucius stack in facklan genom porten. Där visade sig en gång, trängre än tidigare.

"Nå, då går vi då."

XXV

"Framme snart?" frågade Flamma. Han gick med både knän och rygg böjda, Brontes och säckar i famnen och sin slägga fasttryckt mot kroppen med armbågen.

Lucius kastade en blick bakåt. De hade lämnat ingången både långt bakom och långt ovan sig. "Ja", svarade han, lika mycket för att trösta sig själv som Flamma. "Vi är nästan där."

Kort därefter vidgades gången, och ett nytt grottrum låg framför dem.

"Där är det!" utbrast Kezekem och störtade iväg.

Dis Pater, tänkte Lucius, *så mycket för att dela triumfen.*

Kezekem tjöt. Isande. Hiskeligt.

"Det var inget glädjetjut", sa Lucius, och sprang efter tillsammans med Flamma.

Kezekem låg på marken och skakade. Över honom reste sig en skugga, mörkröd – ett monster så skrämmande att Lucius föll till marken. Han mådde illa.

Flamma släppte Brontes, rusade fram med sin slägga och slog. Verkningslöst. Gled igenom monstret utan ett ljud.

Lucius försökte resa sig men hela världen snurrade. Han såg mot monstret, en djupröd skugga med en liten gestalt inuti. Det upphävde inte ett ljud. Var tyst som aska. Som döden eller inget.

Brontes, tänkte Lucius svagt, *Jupiters utvalda. Vakna till liv, rädda oss.* Men ödlevargen låg med tungan ut, svansen under kroppen, utmattad och utslagen. Från Brontes skulle ingen hjälp komma.

Lucius stödde sig på facklan och lyckades komma på fötter. Andades i korta stötar. Benen vek sig, men han vinglade till och stod kvar. Han var tvungen att besegra monstret själv. Försöka åtminstone. Han stapplade framåt.

Flamma gjorde en ny attack. Snurrade runt med sin slägga. Skuggan svepte undan och släggan splittrades. Fortfarande total, ogenomtränglig tystnad.

Lucius fackla slocknade. Han snubblade och föll åter till marken. Såg inget. Hörde inget. Kände desto mer.

Så bröt ett ljud fram. Monstrets fruktansvärda skrik.

Nej, värre. Mycket, *mycket* värre. Pollio spelade flöjt.

Monstret exploderade i ett regn av rött lysande flagor. Allt syntes klart: Kezekem som skakade utan stopp, Flamma som höll skärvor av sin slägga i händerna, Pollio med flöjten i handen.

Lucius satte sig upp. "Hur ..." började han, men avbröt sig när han fick flagor på tungan; de fyllde hela munnen med sugande, besk smak och han hostade för att få ur sig dem. "Hur visste du? Att skuggan inte tålde oljud?"

Pollio skakade på huvudet. "Det gjorde jag inte. Jag kom för att varna er. Gröne Gnaeus är här. Han dök upp från ingenstans. Gick raka vägen till den andra porten, utan att se mig. Jag ville inte spela så han hörde, så jag skyndade mig ned hit."

"Gröne Gnaeus?" Lucius förstod inte. Kände han sig alltid så här förvirrad? "Gröne Gnaeus kan inte vara här. Kezekem sa att han var på cirkusen."

Kezekem sa ... Dis också! Lucius kröp bort till skiapoden. "Vakna", sa han och petade på Kezekem, "du måste vakna."

Kezekem fortsatte skaka. Hans ögon var öppna men han såg ingenting.

"Han borta", sa Flamma. "Aldrig återvända."

Lucius blev kall. Kezekem ... borta? Lucius kunde inte tro det. Kezekem stirrade med ögon som aldrig sett solen. Som aldrig skulle se den. Ögon som ...

Kezekem flämtade och återfick medvetandet.

Vid liv. Naturligtvis var han vid liv. Sedan när var *Flamma* en medicinsk expert?

Lucius tryckte undan känslorna. Det fanns ingen tid för sådant. Han hade en kupp att sköta och Gröne Gnaeus hade kommit för att stoppa honom. "Du ljög. Du sa att Gröne Gnaeus höll ett lotteri, men han är här nu, så det är omöjligt. Varför, Kezekem? Varför måste du alltid ljuga?"

"Nej, amicus, jag talade sanning", viskade Kezekem och satte sig upp. Lopporna föll från hans ansikte, döda och brända. "Det gör jag alltid, det vet du. Tänk själv, varför skulle pysslingen missa en chans att tjäna storkovan? Det var länge sedan cirkusen var så full. Klart han höll lotteri."

"Han släpade en stor säck", inflikade Pollio. "Jag tror han skulle lämna in dagens spel."

Gudar, de har rätt. Gröne Gnaeus kommer hit och lämnar insatserna vid varje lotteri. Och varför skulle han slå sig förbi sina monster då? Varför skulle han hoppa fram på kolonner där hans ben är för korta? Han har en genväg.

"Vi har rört oss en bra bit från templet här i underjorden", sa Lucius, "och jag tror att vi är mitt under cirkusen nu. På något sätt har Gröne Gnaeus tagit sig rakt ned hit."

Alla tystnade, vände huvudena mot marken ovan och lyssnade efter publikens jubel och skrik. Inget hördes.

"Vad nu, amicus?" sa Kezekem, som verkade må bättre av att prata.

"Nu vinner vi på Gröne Gnaeus lotteri."

***

De fumlade sig tillbaka i blindo. I sådant totalt mörker att gångens trånghet plötsligt kändes som något positivt eftersom det eliminerade risken att gå vilse. Eller minskade den åtminstone, Lucius visste inte längre vad han skulle tro om de naturens lagar som gällde i Juno Monetas underjord.

Men de hittade tillbaka till platsen där Pollio hållit vakt. Platsen där de valt fel port. En vindpust mötte dem, som om kolonnernas avgrund åter hälsade dem välkomna.

Ett grönt skimmer lyste från den andra porten. Lucius nickade mot den, och de smög närmare i hopp om att inte bli upptäckta. Skimret räckte för att Lucius skulle kunna teckna till de andra med händerna.

Flamma ställde ned Brontes och knöt näven som tidigare hållit släggan; Kezekem lutade sig fram redo för språng; Pollio kramade sin flöjt hårt i handen – han skulle använda den som slagvapen hellre än som instrument.

"Nu", viskade Lucius och de rusade in.

Ljuset kom från Gröne Gnaeus lykta, vilken avgav lysande grön rök. Gröne Gnaeus lyste rakt emot dem, och Lucius ögon värkte och skavde och tårades.

"Inkräktäre, stanne opp!" vrålade Gröne Gnaeus den gullige och gnällige med sin röst så märkligt pipig men dov. "Inte ett steg te mot dä skatt som ej ä er!"

De lydde, egendomligt nog. Planen hade varit att överrumpla pysslingen, inte att låta sig hejdas av hans ord. Nåja, de var ändå upptäckta, lika bra att lyssna till vad han hade att säga.

Sakta vande sig Lucius vid rökljuset. Och vid Dis Pater, vilken syn som mötte honom! Pysslingen stod i sin mystiska gröna dräkt, sin hatt, sitt brandgula skägg, ovanpå ett berg, ett

Olympen av mynt: guld, silver, koppar, elektrum, orikalkum och brons. Han sken som om han själv var Juno Moneta. Skatten fanns, och den var underbar.

"Ni ä inte värdige Monetes skatt, ni få' inte råne hon."

"Men det är inte Moneta vi rånar", invände Lucius. "Det är dig. Eller nej, det är du som rånar Rom. Vi är här för att få ett slut på det."

Gröne Gnaeus skrattade. Han rörde munnen fram och bak i en krampaktig grimas och sköt ifrån sig långdragna, väsande *HA-HA-HA* som om han försökte få upp något som fastnat i halsen.

"Ja har inte stulett nåt. Rom speler för Rom vill spele, å ja hjälpe hon. Men nog om dä. Bra gjort å ha kommi så här långt, inge har nånsin kommi så här långt förut, men nu ä resan slut. Vänd om nu, å ja ska inte kalle på Karmosinius."

"Karmosinius?" sa Lucius. "Du menar det där tysta monstret? Den röda skuggan? Den är död."

"Dö?" Något egendomligt svepte över Gröne Gnaeus ansikte, ögonen sjönk in i sina hålor, skägget blev mörkare och pannan fårades. Det varade bara ett ögonblick, sedan var ansiktet tillbaka till sitt vanliga tillstånd. Kanske var det bara lyktans gröna rök som spelade skuggorna ett spratt. "Lögnäre! Karmosinius ä inte dö! Karmosinius ä allri dö! Ni kan inte döat han, ni ha allri mött han!"

"Såklart vi har", sa Lucius och tog ett steg fram, säkrare på sin sak, "vi gick ned. Vi tog den andra porten och mötte honom. Precis som din plan var. Väldigt lurigt, förresten, att porten som leder rätt är den som inget lösenord kräver; att porten till skatten, porten hit, var öppen hela tiden."

Gröne Gnaeus skrattade igen. Det fick Lucius att känna sig obekväm. "Mener ni att, *HA-HA-HA*, att ni gick igenom Karmosinius port! Den som öppnes varje kväll samme ögonblick som sole gå' ned! *HA-HA-HA*, så ni gick in, *HA-HA-HA*! Ni gick in å döe han."

Gröne Gnaeus skratt var gråt.

Dis, tänkte Lucius, *kolonnerna var bara i avskräckande syfte. Det fanns inget lösenord, ingen gåta att knäcka. Vi råkade bara komma över vid rätt tillfälle.*

"Ni förstå inte!" skrek Gröne Gnaeus och slog sig över bröstet och grät. "Ni förstå inte. Karmosinius ä *ja.* Min goe side. Å försvare de som finns, å skydde. Ni har döet min goe side! Va åtestå av mej nu? Den dålige, bare den dålige. Den som samle, den som sko sej på andre. Ni har förintett mej."

Gröne Gnaeus den gullige och gnällige föll från sitt berg. Han låg på marken, med lyktan bredvid sig, och snyftade.

Kezekem hoppade förbi honom och började rafsa åt sig mynt för att fylla en av säckarna Flamma tagit med. "Amici, ta och hjälp till lite, va."

"Men Gröne Gnaeus då?" sa Pollio. "Vad ska vi göra med honom?"

"Äh, bry er inte om *pisslingen.* Han ligger ju bara där och lipar. Kom igen och packa i stället."

"Kezekem har rätt", instämde Lucius, "ju förr vi kommer härifrån desto bättre."

Så snart Kezekem fyllt sin säck slängde han den över axeln, slet åt sig Gröne Gnaeus lykta och hoppade iväg i full fart. Lucius tittade efter skiapoden som försvann i ett moln av lysande grön rök, och för ett ögonblick undrade Lucius om han begått ett fruktansvärt misstag. Kezekem kunde smita, en enda säck skulle vara mer än tillräckligt för ett liv i överflöd. Lyktan hade han också tagit med sig, och även om röken fortfarande dröjde sig kvar skulle den så småningom försvinna och lämna alla blinda i mörkret.

Nu tvivlar du på honom? Efter allt han har gjort? Tanken fick Lucius att må illa, men när allt kom omkring hade han bara känt skiapoden i några dagar. Nå, det kunde inte hjälpas, berget måste flyttas. Kezekem var den ende som var snabb nog för jobbet.

Sannerligen, snabb var han. Lucius hann knappt tänka klart innan skiapoden återvände med minen hos den som packat ned en säck mynt vid gömstället ovan jord och undrade varför ingen förberett nästa säck åt honom.

"Hur gick det?" frågade Lucius. "Några vakter uppe i templet?"

"Inte en enda, amicus. Jag tog en titt utanför templet och staden är i uppror. Folk springer runt helt galna och skriker att kejsaren är död. Staden brinner, och elden är hungrig, som en hungrig, brinnande, eldig sak."

Lucius rynkade pannan och undrade återigen om varelsen han pratade med verkligen var över hundra år gammal.

"Kom igen nu, amicus. Nästa säck – ge mig nästa säck någon gång."

Kezekem fick en säck och försvann. Lucius och Pollio fyllde säck efter säck, ställde ned dem på marken, och Kezekem dök upp från ingenstans och hämtade dem. Flamma vakade över Gröne Gnaeus för att säkerställa att pysslingen inte försökte sig på några knep.

Över nittio säckar hade de smugglat med sig som Flammas bandage, och packningen av dessa borde varit ett tungt arbete, så mycket tyngd som skulle flyttas – men aldrig hade Lucius känt sig så lätt i kropp och sinne. Hans händer arbetade av sig själva, utan stopp, och för varje mynt hans fingrar for över, för varje liten kejsarfigur han tryckte till med tummen, drog sig hans mun allt högre upp med en kraft han omöjligen kunde hejda. Olympen krympte till vanligt berg, så till kulle, till knall, till hög och till inget alls.

"Bry dig inte om dem", sa Lucius när Kezekem gjorde en ansats mot en av de fyra återstående säckarna. "Vi tar varsin på väg tillbaka."

"Han då?" sa Kezekem och pekade mot Gröne Gnaeus. "Jag slår vad om att han har något gömt i sin hatt. Se bara hur stor den är."

"Ingen vadslagning, tack", muttrade Lucius, men Flamma lyfte pysslingen i fötterna och skakade honom upp och ned. Det enda som föll i marken var en gul, skrynklig lott. Inte ens Gröne Gnaeus var immun mot sitt spel.

Kezekem skrattade när Gröne Gnaeus blev röd i ansiktet och flaxade för att komma loss från den cyklop som för honom inte bara var halv.

"Sluta!" utbrast Pollio. "Sluta!"

"Varför upprörd?" frågade Flamma, men ställde ned Gröne Gnaeus.

"Varför? Bara vildar skakar folk på det sättet. Vill du vara vilde, fortsätt för all del."

Tveksamt lyfte Flamma Gröne Gnaeus igen.

"Men amicus, något måste vi göra med honom", inföll Kezekem. "Pysslingar är lögnare, alla vet det."

Flamma nickade instämmande. "Säkrast döda honom."

"Vi kommer inte döda honom", sa Lucius.

Flamma ryckte på axlarna.

"Nähä, men vi kan inte lita på honom", vidhöll Kezekem.

"Låt mej gå mä er!" tjöt Gröne Gnaeus. "Min dålige side ä allt som åtestå, låt mej gå mä er! Snälle, snälle, ni dålige ä allt hopp ja har!"

Det blev tyst. Det var en egendomlig vädjan Gröne Gnaeus kom med, att gå med sina rånare, sina förintare. Lucius visste inte vad han skulle tro.

"Vi måste göra det", sa Pollio till slut. "För att vi är goda, för att vi är onda – jag vet inte. Men vi har förintat honom. Det minsta vi kan göra är att bevilja honom det här. Vi tar upp honom till jorden, upp till templet, och lämnar hans öde i Monetas händer."

Flamma ruskade på huvudet så ögat snurrade, och Kezekem sa: "Nä, amicus, det går inte. Jag går inte med på det."

Dis Pater, varför gör jag det här? tänkte Lucius och sa: "Det gör du visst. Pollio har bättre förstånd än vi i sådana här saker och Karmosinius baneman förtjänar att bli betrodd."

Flamma och Kezekem lyssnade. Alla tog varsin säck över axeln, och Brontes slingrade sig åter fram på ostadiga tassar. För att slippa Gröne Gnaeus outhärdliga lipande återlämnade Lucius honom hans lykta, och pysslingen tycktes redan vara på bättre humör där han visslande ledde sällskapet genom sin gröna, myntadoftande rök.

"Verkar han inte lite väl glad, amicus?" viskade Kezekem i Lucius öra medan de gick. "Nyss grät han ju som om han ville utmana Tibern. Han kokar ihop något, jag svär."

Lucius nickade. "Kanske, men det här är bästa sättet att hålla ett öga på honom."

"Därför mitt jobb", sa Flamma stolt. "Ni – två ögon."

De nådde fram till kolonnernas avgrund, och vinden därifrån ryckte och drog i röken de förde med sig, men till sin förvåning såg Lucius att deras nye ledsagare gjorde en skarp gir åt sidan, bort från kolonnerna.

"Vad gör du?"

"Han försöker dra ut på tiden", sa Kezekem surt. "Amicus, jag säger ju det, vi kan inte lita på honom. Han gör allt han kan för att fördröja oss i väntan på pretorianerna. Göra oss långsamma."

"Fördröje?" sa Gröne Gnaeus som om anklagelsen skadade honom mer än användandet av ett begripligt språk. "Jag vill bare hjälpe, vise snabbaste vägen opp."

"Är det din väg?" frågade Lucius med en lätt nick dit Gröne Gnaeus varit på väg. "Den som leder till cirkusen?"

"Ja, dä ä bäste vägen. Tro mej."

"Jag tror", sa Lucius, "att det är bästa vägen om man vill ge sig rätt in i lejonets kula. Cirkusen är den sista platsen vi vill till nu – vi är inte så dumma att vi låter dig leda oss dit."

Gröne Gnaeus suckade. "Den jobbige vägen, då."

När de skulle över den första kolonnen tog Flamma Gröne Gnaeus under armen och bar honom likt en amfora utan handtag. "Så snällt", muttrade Gröne Gnaeus från Flammas armhåla, "rädd ja ska trille?"

"En försiktighetsåtgärd", förklarade Lucius, "det vore ju synd om vi blev lämnade helt ensamma."

Flamma tog väl hand om sin fånge vid varje kolonn de passerade. Men när de tog klivet över till den femte kolonnen, mitt över avgrunden, väste Gröne Gnaeus fram ett skratt. Han släppte sin lykta och den studsade mot en kolonn och föll ned i mörkret.

"Du ..." började Flamma, men avbröts av en spark mot bröstet som nästan fick honom att tappa balansen.

Gröne Gnaeus kastade sig mot Lucius med ett vrål. Lucius hann inte reagera. Hade ingenstans att ta vägen. Det lilla monstret skulle träffa honom; dra ned honom i döden.

Gröne Gnaeus hejdades av ett klirr.

För ett kort ögonblick var han fast där i luften. Stilla, med ett förvånat ansiktsuttryck och en öm kram kring säcken med mynt. Sedan var ögonblicket över, och Gröne Gnaeus – som betraktades som gullig av vissa, som gnällig av fler, som den rättmätige gåskungen av den där skrikande galningen i södra Suburra som fått för sig att alla utom han själv var fåglar – föll ned och försvann.

"Pollio", sa den nu säcklöse Kezekem efter en stunds tystnad, "det går på din andel."

"Va? Min? Men det var minst åttatusen denarer där i!"

Lucius drog ett djupt andetag och satte sig försiktigt på avsatsen. Han kände sig helt vimmelkantig. Runt honom

ven vinden och den återstående röken från lyktan slukades av
avgrunden.

"Vi kan ta det på min andel", sa han medan mörkret
växte sig allt tätare, "men bara om ni lyckas hitta ett sätt att ta
oss härifrån."

XXVI

Ögonen vande sig aldrig vid mörkret.

"Jag får hoppa", tillkännagav Kezekem till slut, "hoppa och hoppas på det bästa. Det gick ju bra förut, med lyktan, jag kan avstånden nu. Så kommer jag tillbaka med ljus."

Lucius skakade på huvudet, glömsk av att ingen såg honom. "Du dör om du hoppar."

"Brontes då?" sa Pollio. "Hon står på benen igen. Blixtarna hon sköt förut, kan hon inte göra det igen?"

"Hon för svag", sa Flamma med mullrande röst. "Vad hon gjorde – speciellt. Länk med kanelfåglar. Hört om sådant."

Brontes väste i gläfsningen. Hon verkade inte gilla att kallas svag.

"Amicus", sa Kezekem, "jag *måste* tillbaka upp. Guldet ... jag gömde det väl, jag svär, det gjorde jag, men det är så mycket. Någon kommer hitta det."

Han hade rätt. Gömstället var det förråd i templet där *victimarius* förvarade sin yxa och andra redskap. Ett bra tillfälligt gömställe, men det räckte att någon kastade en blick dit in för att den glittrande skatten skulle ge synskador för livet. *Victimarius* skulle inte dit förrän den dagliga ceremonin hölls, men med tanke på det uppror som drabbat staden skulle Lucius inte bli förvånad om efterfrågan på yxor stigit till den grad att folk tappat all respekt för templets helighet.

"Titta!" utbrast Pollio.

"Var?" Lucius vred på huvudet. Fortfarande syntes enbart mörker.

"Där! Där! Framåt, mot templet!"

Lucius kisade framåt – åtminstone det han trodde var framåt – och såg ett svagt skimmer. Det försvann, men dök upp igen. En liten prick, gul och underbar.

Vid Dis Pater! En fackla! Vem kunde det vara? Någon som undrade vart Gröne Gnaeus tagit vägen? Eller en präst som upptäckt att allt inte stod rätt till? De behövde ljuset, men kanske var det säkrast att ...

"*HAAALLÅÅÅ!*" vrålade Flamma genom mörkret.

Idiotiska halvcyklop, tänkte Lucius samtidigt som han såg hur ljuset växte sig stadigare.

En bräcklig röst svarade dem. "H-herr Turpilinus? Det är j-jag. Hostus."

Hostus? tänkte Lucius. *Vad gör han här nere?*

"Ja, jag är här", sa Lucius. "Du är visst vår räddare, kom hit med facklan är du snäll."

"H-hit? Var är det?"

"Ja, i dödens bottenlösa avgrund, ovanpå kolonnerna med ödesmättade bokstäver skrivna i blod."

Lucius kunde nästan höra hur Hostus svalde tvärs över avgrunden. Lucius log. "Oroa dig inte, det är ingen fälla. Du borde inte ramla ned så länge du ser efter var du sätter fötterna. Och det är inte blod. Tror jag."

"Säkert att vi kan lita på honom?" sa Kezekem tyst.

"Han är med i vårt gäng."

"Är han?"

Lucius leende växte. "Nu är han det."

***

"Hur visste du att vi var här?" frågade Lucius medan de skyndade sig från avgrunden tillbaka mot templet.

"Jag stod utanför och väntade", sa Hostus, som lugnat sig och talade tydligare, "som du sa åt mig. Men jag tyckte det drog ut på tiden så när pretorianen försvann från sin vaktpost smög jag in i templet. Jag såg hur skuggfotingen stoppade undan en säck i något rum och hur han försvann ned i luckan igen. Men vid Incitatus, vad han är snabb! Jag hann inte säga något innan han var borta, så jag väntade. När ingen kom blev jag orolig att något hade hänt, så jag gick ned. Luckan var ju öppen."

"Lämnade du luckan öppen?" sa Lucius till Kezekem som hoppade vid hans sida. "Är du inte klok? Någon kunde ju ha upptäckt det!"

Kezekem slog ut med armarna. "Vet du hur lång tid det tar att dra i den där spaken? Inte hinner väl jag med det, amicus, och det var ju bra att någon upptäckte det."

Lucius himlade med ögonen, men i stället för att svara höll han för näsan; de hade kommit till platsen där de stridit mot odjuret som haft en mage som hjärna. Det grå slask som de tvangs trampa i gav fortfarande ifrån sig en tung stank. De småsprang förbi. Brunnen väntade dem, facklor på väggen. En stege upp från underjorden.

***

Skatten var orörd, tack och lov.

"Hostus", sa Lucius, "var ställde du vagnen?"

"I ett av husen bredvid, precis som du beordrade."

"Bra, kör fram den till tempelporten. Jag vill att det här ska gå så smidigt som möjligt."

Hostus skyndade iväg. När han öppnade porten letade sig ljuden från stadens uppror in i templet.

"Okej, sista akten", sa Lucius. "Dags att avsluta det här."

Flamma och Brontes ställde sig vid porten för att skrämma iväg nyfikna ögon. "Nu här!" skrek Flamma strax därefter.

Lucius kände andan stå honom långt upp i halsen redan första gången han sprang från *victimarius* förråd ut till Hostus vagn. Där stod de i nattens mörker, åtta hästar med otåligt stampande hovar, däribland den svarta best som varit så nära att bli konsul.

Lucius vände sig för att hämta en säck till, men Kezekem hade redan tagit hand om saken. Allt var lastat, vagnen sjönk samman under tyngden. Dags att åka. Lucius klev upp i vagnen och satte sig bakom Hostus på de underbart obekväma säckarna med mynt. Resten av gänget trängde sig in bredvid honom medan Hostus knöt näven hårdare om piskan.

"Stopp där, avskum!"

Bakom dem, från templet, trädde en gestalt fram. En dvärg klädd i skinande rustning och bucklig hjälm med gult tagel. Han såg ut som en tupp.

"Dvärg", grymtade Flamma. "Jag *hatar* dvärgar."

"Inte vilken dvärg som helst. Jag är Thrakatulus, *praefectus vigilum*. Vi har mötts tidigare, som ni minns?"

"Vad vill du oss?" sa Lucius. "Hindra oss från att fly med bytet? Snälla, det rör inte dig. Jag dödade den kejsare ni hatade så; ni kan återvända till att jaga salamandrar. De verkar aktiva i natt."

Thrakatulus ena öga ryckte, och han läspade när han talade. "Om hans död verkligen är ditt verk tackar jag dig, du höll ditt ord. Men tillåt mig då göra detsamma. Jag vill ha bjässen, han är min fånge, och han flydde. Och jag vill ha dig, du svor gladiatoreden du med. Du är också en förrymd fånge."

Lucius bet på skinnet under naglarna och synade

prefekten. Lucius hade blivit irriterad när Pollio berättat att det var pretorianerna och inte vigiles som var deras jägare efter frigivningen av Flamma, men kanske var vigiles inte lika odugliga som Lucius först trott. Thrakatulus hade hittat dem till slut, inte Clemens.

"Hur kom du på oss?" sa Lucius och tog fingrarna ur munnen. "Hur fick du reda på vår kupp?"

"En präst kom till mig och babblade något om att Juno Monetas gäss hade varnat honom: en gallisk vilde hade attackerat hans tempel. Jag förstod inte hälften av hans prat men så visade han mig sina skavsår på händerna. Han hade blivit bunden av inkräktaren. Men loss hade han kommit och jag tog mig genast hit."

Hur kunde jag vara så dum? tänkte Lucius och kände ursinnet växa inom sig. Inte nog med att han bundit prästen alldeles för löst, när de gått förbi hade Lucius inte ens märkt att han varit borta!

"Strunta i dvärgen", sa Kezekem. "Vi måste dra, amicus, han kan inte stoppa oss nu."

För en gångs skull hade Kezekem rätt. Lucius misstag hade lett till att de blev funna, han tänkte inte låta det leda till att de blev fångna. Han vände sig mot Hostus, mot platsen där kusken satt, och sa till honom att piska sina hästar. Piska dem hårdare än han någonsin gjort förut.

Men Hostus var inte där. Han låg nedtryckt på marken. En dvärg satt med knät på hans rygg, gladius mot nacken; på något sätt hade dvärgen klättrat upp på vagnen utan att bli upptäckt och tacklat ned kusken. Hostus tjöt något om att bli släppt.

"Jag hoppas inte ni trodde att jag gjort mig allt det här besväret bara för att hälsa er adjö?" Thrakatulus knäppte med fingrarna och med ens var de omringade av femtio dvärgar.

Flamma gjorde en ansats att hoppa ned, men Lucius

greppade hans tjocka arm och lyckades hejda honom med en blick. Om de varit på cirkusen skulle Flamma kunnat ge dvärgarna en match, kanske till och med vunnit trots att han saknade vapen, men här, där han var tvungen att skydda inte bara sig själv utan även sina vänner och sitt guld, var han chanslös. Lucius var glad att Flamma förstod.

"Om bjässen hoppar", sa Thrakatulus som för att göra saken ännu tydligare, "så har er kusk inget huvud längre."

"*Han* är inte deras kusk."

Lucius vred huvudet och kände blodet rusa genom kroppen. Det hade låtit som …

Appia störtade fram. Ringen av dvärgar var vänd mot vagnen. Utmärkt för att stoppa de som ville ut, sämre för att stoppa de som ville in. Hon kastade sig mellan dvärgarna, snurrade och undvek med lätthet deras slag, och steg upp i vagnen. Satte sig på kuskens plats.

"Jag ville inte missa den stora dagen", sa hon som svar på sina vänners tappade hakor.

Lucius samlade sig. Appia var tillbaka! Fantastiskt, de kunde åka, de kunde fly, men Hostus …

Lucius tittade på kusken. Hostus låg fortfarande nedtryckt av dvärgen, ansiktet mot marken. Det såg nästan lustigt ut, som om han blivit besegrad av ett barn. Hostus hade bara varit med i gänget en kort stund men Lucius kunde inte lämna honom så. Lämna honom att dö.

Appia måste sett vad Lucius tänkte. "Lucius, lämna honom. Han tänkte förråda oss från första början. Han är här på Clemens uppdrag."

Clemens? Så Hostus var alltså en säkerhetsrisk ändå! Hur kunde Appia veta? Lucius ruskade på huvudet. Det spelade ingen roll hur hon visste. Hostus var fienden. Fienden lämnade han gärna till fienden.

"Nej!" skrek Hostus från marken, ned i marken, och

slog i marken. "Ni får inte ge er iväg utan mig. Ni får inte ta Incitatus ifrån mig! Åh, Incitatus, min vackra h-h... min vackra enhörning!"

"*Enhörning?*" utbrast Appia. Hon stirrade på Incitatus, på Hostus, på Incitatus igen. Sedan skrattade hon. "Det förklarar en del. Men nog kan en enhörning ta sig förbi några dvärgar."

Hon snärtade med piskan och hästar och enhörning satte fart. Fega dvärgar kastade sig åt sidan; modiga blev stångade av Incitatus hornlösa huvud. Tjuvarna var fria.

"Släpp mig!" gormade Hostus bakom dem. "Släpp mig, era idioter! Ni h-har förstört allting! Efter dem! Stoppa dem!"

Världen flög fram. Appia ledde dem nedför Capitoliums backar, genom arga folksamlingar och misshandlade senatorer, över bränder och genom en stad i kaos. Rakt förbi Circus Maximus och ut genom Serviusmuren. Bortåt. Ut. Med säckar överfulla av mynt i alla sorter och fler ändå.

De var odödliga.

XXVII

Skriken ekade fortfarande i Clemens öron. Lukten av blod låg kvar i hans näsa, lukten av rädsla. Han kramade jadekristallen så hårt att hans hand domnade.

Det kunde inte gått mer än några timmar sedan kejsarens död, men det verkade längre än de fyra år Clemens varit prefekt. Tiden kändes långsammare med jadekristallen. Kanske var det inte bara en känsla.

Han hade slitit den rakt ur spiran. De andra hade varit för fokuserade på kejsaren för att bry sig, men Clemens hade bara haft ögon för den gröna, skimrande stenen. Den hade givit honom en stöt och han hade känt energin inombords.

Vid det laget hade kejsaren redan hostat blod. När Clemens fått sin chans hade kejsaren knappt kunnat stå upprätt, men något slags liv hade fortfarande gömt sig i de där gräsliga gråblå ögonen – Clemens ville tro att det var hans hugg som slutligen släckt det. Han hade dragit kniven ur kejsarens mage, gjort ett nytt hål bredvid de andra.

Edsbrytare, tänkte han, *det är vad jag är*. Det fick honom att känna sig stolt.

De flesta åskådare hade lämnat cirkusen. För att gömma sig i staden. För att förgöra den. Men några få satt kvar och stirrade på den döda kroppen som glänste i månskenet. Paralyserade av liket så som Clemens var paralyserad av jadekristallen.

"Jag önskar att det varit jag."

Clemens vände sig för att se vem som yttrat orden. När han såg att det var blemmen och exkonsuln Valerius Asiaticus blev han förvånad. "Som blev dödad i stället för din kejsare? Du hatar ju honom."

"Epona nej!" utbrast Asiaticus och skrattade. "Jag menar att jag önskar att det varit jag som dödat honom. I dag var en stor dag. Rom kommer aldrig mer bli sig likt."

Clemens nickade. Det kunde nog stämma, men varför talade Asiaticus om saken? Varför dröjde han sig kvar på cirkusen?

"Jag räknar med ditt stöd", förklarade Asiaticus. "Rom kommer behöva någon ny att styra henne. Jag ska se till att behandla pretorianerna väl om du stödjer mig."

En blem som kejsare? Det lät ju helt absurt. Men det låg en rofylld värdighet över Asiaticus när han lämnade cirkusen, i sin oklanderligt rena toga, och klev ut i den brinnande staden. Clemens visste att han borde följa efter. Leda sina pretorianer till ordning och rädda staden från sig själv. Han visste det, han till och med ville det, men han kunde inte. Inte förrän han straffat de förbannade gladiatortjuvarna.

Var höll Hostus egentligen hus? Kusken hade sagt att det skulle ske på kvällen, men natten hade redan vandrat långt på sin väg. De pretorianer Clemens lyckats hålla kvar för att ta hand om tjuvarna var otåliga; de skulle inte stanna mycket längre.

Så kom äntligen Hostus. Genom cirkusens portar galopperade han in, snabb som den kerynitiska hinden, på en häst som knappt syntes bakom all sin fradga.

På en häst. Inte en enhörning. Inte med en vagn gladiatortjuvar.

Clemens mötte honom och Hostus hoppade av samtidigt

som hästen kollapsade. "Tjuvarna, de stack. Och med så mycket guld. J-jag fick veta det i förväg, platsen, rånet. Jag sa inget, du var så upptagen, och j-jag tänkte, spelar ingen roll om du vet, jag tar tjuvarna h-hit i vilket fall, behöver inte k-komma dit. J-Juno Moneta, hennes tempel, de rånade hennes tempel!"

Clemens hjärtan slog i otakt. Tjuvarna hade kommit undan, de hade slunkit ur hans grepp. Och de hade rånat Juno Monetas tempel.

Juno Monetas tempel! Vid Saturnus, de har rånat Juno Monetas tempel!

"Det var inte mitt fel", fortsatte Hostus. "Det g-gick så bra, men så k-kom de från ingenstans och stoppade mig. De ..." Han avbröt sig när han fick syn på kejsaren. Hostus ögon växte sig stora, och i en kort gest satte han fingrarna om näsan. Stanken måste nått honom. Liksom för att dölja det doppade han handen i sitt ansiktssvett.

"Vilka?" sa Clemens barskt. "Hade de medkumpaner? Några vi fortfarande kan fånga?"

Hostus slet blicken från liket och ruskade på huvudet. "Vigiles. De tog mig som g-g... de tog mig som gisslan. Men Turpilinus, h-han struntade i mig. Lämnade mig. Lämnade mig att dö."

Ja, såklart han gjorde – han är en rånare. Vad trodde vigiles, att han bara skulle ge upp sin skatt?

Hostus visste inte vart tjuvarna flydde, men han lyckades åtminstone lämna signalement på dem. Dessa visade sig dock vara till föga mer nytta än att bekräfta det som redan var känt från gladiatorstölden: deras ledare hade en vårta i pannan, gladiatorn var den kända halvcyklopen, skuggfotingen var otroligt snabb.

Skuggfotingens utseende? Runda tänder. Jaha, men då så, något mer? Tjuvarna hade tagit med sig en flöjtspelare som underhållning. Mer? Halvcyklopen hade en ödlevarg som husdjur.

Galningar, tänkte Clemens.

"Namn?"

Hostus funderade och lugnade sin andhämtning. "Vet inte, vi hälsade inte. Men ledaren, Turpilinus, heter Lucius i förnamn. Och ..." Hostus tystnade och slog ned blicken.

"Vad?"

Hostus tittade upp och bet sig i läppen. "Och jag kände igen en av dem. Appia, en kusk för vita stallet. Den bästa."

Clemens höjde på ögonbrynen. Appia, det var den unga kvinna han sett när han frågat ut den vita tränaren. Han hade inte trott att hon haft det i sig.

Det var allt Hostus hade att berätta. Gladiatortjuvarna hade undkommit. Gladiatortjuvarna hade rånat Juno Monetas tempel.

XXVIII

"Hur visste du?" sa en röst. Appia tog ögonen från vägen och såg att Lucius klättrat fram och satt sig vid hennes sida.

"Visste vad?" sa Appia och piskade mot Incitatus. Trots att de slagit av på farten drog enhörningen så hårt att hon hade svårt att hålla kontrollen över honom.

"Visste att Hostus arbetade för Clemens? Att han tänkte förråda oss?"

"Jag …" *Kom igen, sluta löjla dig.* "Efter att vi möttes, när du gav mig den där säcken mat på Forum, följde jag efter dig. Jag tror jag hoppades, längst där inne, att du skulle konfrontera mig igen. Det var som om jag aldrig riktigt trodde att du bara kunde släppa mig. Men så såg jag att du träffade Hostus – du bytte ut mig mot Hostus! Du ska veta hur arg jag var. Arg på dig, arg på Hostus, arg på mig själv. Hur kunde jag göra som jag gjort, svikit de som litade på mig? Hostus fick så bråttom efter att han träffat dig att jag var tvungen att se efter vad som stod på. Jag har nog aldrig sprungit så fort, men jag lyckades följa efter och han ledde mig till Suburra. Han rusade in i en insula och jag gömde mig i rummet mittemot för att lyssna."

Lucius skrattade. "I rummet mittemot? Vad tyckte du om det?"

Varför skrattade han? Vad var det för roligt med det?

Hon tyckte inte historien var något att skratta åt.

"Förlåt", sa Lucius till slut, "men vad sa han då?"

"Hostus? Att du hade en vårta i pannan. Clemens var svårare att höra, inte samma gapiga ton."

Lucius drog händerna i håret och svepte ned en lock. Han pekade mot en glänta ett stycke bort. "Du, vi måste vila lite. Vi har ridit i timmar. Sväng av och stanna där borta."

"Du ser ganska löjlig ut i den där prästtogan, förresten", sa Appia medan hon stannade hästarna. Incitatus var inte pigg på saken men hon lyckades trots allt.

Lucius pillade på sin toga, smutsig och halvt sönderriven från hans underjordiska äventyr. "Jag har inte haft tid att byta om. Men nu ser den rätt bra ut, inte sant? Som en tjuvtoga."

"Vi kan inte stanna här", sa Pollio, som tydligen inte var intresserad av att diskutera modet. "Vi måste fortsätta, tänk om de kommer."

"Det är lugnt. Vi måste vara vid Tarracina snart. Rom är långt bort."

Där fanns en djup damm som glittrade av dagens första ljus. Appia ledde dit hästarna för att dricka. Gänget brydde sig inte om att göra upp någon eld men satte sig runt askan av tidigare eldar.

Ett flott ekipage red förbi på vägen. Appia höll andan men ekipaget visade inget intresse för dem. Precis som ingen hade gjort. Folk antog väl att de var bönder, det var liksom vanligare att ens säckar var fyllda med vete än med guld.

"Visst är det härligt eller?" sa Kezekem där han låg i skuggan av sin fot och snurrade ett stort guldmynt mellan fingrarna. "Vi klarade det. Vi klarade det faktiskt."

Pollio nickade, liksom lättat, och Flamma klappade Brontes.

Ja, tänkte Appia, *vi klarade det. Jag är fri och har mer än jag någonsin drömt om.*

"Vi må ha vunnit lotteriet, men klara är vi inte", varnade Lucius. "Kom ihåg att vi ska korsa hela Mare Nostrum. Och dessutom ..."

"Vad?" sa Pollio.

Lucius skakade på huvudet. Han stirrade in i den döda elden. "Inget. Det är bara en känsla. Som om jag glömt något."

Kezekem kastade myntet på Lucius. "Amicus, varför så tråkig helt plötsligt? Allt är här, njut av det i stället!"

Appia ville hålla med Kezekem, det ville hon verkligen; hon ville vara glad. "Mår ni inte det minsta dåligt över det?" frågade hon i stället. "Över att vi stal? Över att vi är tjuvar?"

"Dåligt? Amica, vi har gjort något bra. Allt det här guldet, det var till ingen nytta nere i marken. I våra händer är det levande."

"Bra eller dåligt beror på vad du använder det till", invände Pollio, "om du använder det för att göra gott eller om du bara använder det."

"Men tänk på Gröne Gnaeus. Han har kämpat i decennier för att bygga upp sin förmögenhet, för att bygga upp Juno Monetas skatt, och på en kväll tog vi allt ifrån honom. Vad ska han nu ta sig till?"

"Appia", sa Lucius, "Gröne Gnaeus, han ..."

"Lucius!" avbröt Flamma och ryckte tag i Lucius så att denne ramlade baklänges och slog i marken. "Du vet jag sa – tappade jadekristallen när fritog mig? Nej. Inte tappade."

"Hur menar du inte?"

Flamma vinkade till sig Brontes. Ödlevargen slingrade sig lydigt fram. Hon öppnade munnen. Under hennes tunga glittrade en grön sten.

Är det ... tänkte Appia och såg hur Lucius blev alldeles vit.

"Nej, nej", mumlade Lucius. "Det är omöjligt. Omöjligt, säger jag ju!"

"Jag visste du glad", sa Flamma och log brett.

"Nej, nej, lilla halvcyklop, du förstår inte. *Det* är inte jadekristallen! *Det* är stenen jag köpte för flera år sedan, den som fick mig att börja spela på lotteriet. Det är inte den riktiga jadekristallen!"

"Om din sten är här", sa Pollio, "vad har då Clemens fått tag på?"

"Skynda er", skrek Lucius, redan framme vid de drickande hästarna. "Vi måste åka, vi måste åka nu!"

Appia drog i Incitatus. Enhörningen hade inte druckit färdigt och vägrade gå ifrån dammen.

"Lämna honom!" beordrade Lucius när inga framsteg gjordes. "Hästarna får räcka."

"Lämna honom? Lucius, det är *Incitatus*."

"Vi har inte tid!"

Appia tittade in i enhörningens mörka ögon. Hon hade aldrig träffat ett liknande djur; ingen häst kunde matcha hans styrka, hans beslutsamhet. Hon suckade och drog med sig en häst till vagnen.

Alla satte sig tillrätta. Pollio, Kezekem, Flamma och Brontes där bak tillsammans med myntsäckarna, Lucius bredvid Appia där fram. Appia kastade en sista blick mot Incitatus men djuret hade huvudet djupt i vattnet. Hon gav hästarna en hård snärt med piskan.

De tog några släpande steg och stannade.

"Dis också! Vad håller du på med? Piska hårdare!"

Appia piskade igen – samma resultat. "Det är Incitatus. Det var han som drog oss. Hästarna orkar inte utan honom."

De hoppade ned från vagnen allihop och gjorde nya försök med Incitatus, men hur de än drog och slet i enhörningen ville han inte ge med sig. Fortfarande fanns där vatten att dricka.

Det plumsade när Lucius slängde en säck i vattnet. Den sjönk genast till botten.

"Amicus, nej!" skrek Kezekem. "Guldet, amicus! Guldet!"

"Det finns inget annat sätt", sa Lucius bistert. "Vi måste lätta på vikten om vi någonsin ska kunna ta oss härifrån."

"Men amicus", grät Kezekem, "ta dessa i så fall." Och han lyfte på säckarna i vagnen. I botten låg mängder och åter mängder påsar, små men tunga.

"Gudar, Kezekem!" utbrast Lucius. "Jag sa ju åt dig att inte bry dig om metallskärvorna!"

"Jag kunde inte låta bli, amicus, jag kunde bara inte låta bli. De har ju också ett värde, eller hur? Och jag tänkte: lite kompensation för den säck pisslingen tog till botten av den bottenlösa avgrunden, det är vi allt förtjänta."

Gänget slängde påsarna i dammen och satte sig åter i vagnen. Nu när Appia piskade hästarna var de mer pigga, och de rörde sig framåt, om än inte med lika vrålande fart som när Incitatus lett dem. De var åter ute på vägen, och den var tom på trafik.

En skarp kurva närmade sig.

"Konstigt", sa Appia. "Jag trodde vägarna från Rom var raka. Det där är bara en liten dunge, varför går vägen runt och inte igenom den?"

"Det är bara något man säger", sa Lucius sammanbitet.

Appia ryckte på axlarna och körde om en köpman. "Hur skulle jag veta?"

"Amici ... ta en titt bakåt."

Bakåt, tänkte Appia, *pretorianerna!* Hon vred på huvudet, men det hon såg var värre än pretorianer. Vägen var igenkorkad av hundratals – nej, *tusentals* – resenärer: gångare, ryttare och kärror i alla storlekar.

"Hur kör ni egentligen?" hördes ett rop framför dem. En vithårig gumma låg på marken med en korg över huvudet och ett dussin kålhuvuden bredvid sig. Några rullade iväg och krossades av trafiken.

Appia lät hästarna gå ned i skritt och tog kurvan i en trängsel som var värre än till och med starten av en kapplöpning. Sikten var åter fri.

Där reste sig sju kullar och en enorm stad.

"Vid Dis Pater", viskade Lucius.

"Men", sa Appia, "vi har kört rakt fram. Rakt fram ända tills nu."

"Jadekristallen", mumlade Lucius och skakade på huvudet. "Den har kallat oss tillbaka. Det går inte att fly. Tusen vägar – alla leder de till Rom. Inte undra på att det alltid är trångt."

XXIX

Världen snurrade. På sin väg uppför Tarpeiska klippan hade Clemens druckit vin. Mycket vin. Ty Rom hade en ny kejsare.

Inte blemmen Valerius Asiaticus, som badade i rikedom och politiska kontakter, och vars allvarliga sätt gjorde honom mer lämpad än någon människa Clemens kände till. Inte den sluge och beräknande senatorn Annius Vinicianus, som stöddes av sin mäktiga farbror Marcus Vinicius. Inte kejsarens tvååriga dotter, som fått sitt huvud krossat mot en vägg.

Nej, en slav hade skurat palatsgolvet rent från blod och bakom en gardin funnit en haltande dumskalle som visat sig vara kejsar Caligulas farbror. En levande släkting, och hur bortglömd dumskallen än varit – hur han än släpade foten efter varje steg – kallades han numer för kejsare.

Och allting var Clemens fel.

Ma Kuang och hans vänner hade utnyttjat honom i en attack mot Rom, ersatt en dålig kejsare med en dum, och allt Clemens fått i utbyte var en helt vanlig sten. Han förstod det nu. Hur kunde jadekristallen vara verklig, hur kunde den ha de otroliga krafter alkemisten talat om, när den inte skyddat kejsaren; när den inte varnat honom om konspirationen mot hans liv, när kristallen tillåtit knivar riva sönder hans kropp?

Clemens tittade ned på världen, på Rom, som fortfarande

snurrade i ett våldsamt tempo. Där, åttiofem fot längre ned, var marken hård och platt. Blöt också; himlen hade öppnat sig som aldrig förr. Vinden drog i öronen, och Clemens kramade stenen hårdare.

Han tog ett djupt andetag och välkomnade slutet.

Han kastade jadekristallen utför klippan. Den glittrade grönt i luften, seglade på stora regndroppar medan den föll. Sedan grönt splitter därnere. Tusentals delar, som blod från ett grönt monster. Det var över.

"Du skulle nog inte gjort det där."

Clemens vände sig om. Regnet hade dolt ljudet av hans steg, men där stod han, nästan inom räckhåll för att spottas på, han med en vårta i pannan; han som stulit rakt under Clemens näsa. Gladiatortjuven, Lucius Turpilinus.

"Kristallen", sa Lucius, "den hade krafter. Mäktigare än någon av oss förstår. Kanske kunde den räddat dig."

Clemens fnös, trots att han hatade att fnysa – det fick honom att känna sig som en tjur. "Var är dina vänner?"

"Vaktar skatten. Finns tjuvar överallt nuförtiden."

"Jag förstår", sa Clemens och kände hur ansiktet blev allt blötare. Vinden slog rakt mot honom nu. "Jag dödade honom, förresten."

Lucius blinkade några gånger. "Dödade ... vem?"

"Thrakatulus. Jag stampade ihjäl honom. Förmodligen betyder det krig med vigiles men han förstörde allting. Tänkte att du kanske skulle bli glad över att veta."

Lucius skakade på huvudet. "Du är ju sjuk. Men du gjorde ett bra jobb med kejsaren, så mycket kan jag ge dig. Vad tyckte du om Ma Kuang?"

Det kändes som om Clemens sjönk ned i ett träsk med iskallt vatten *och* hästskit. "Ma Kuang? Vad vet du om honom?"

"Ja, röd kappa, mustasch, hela den grejen. Brytningen var kanske en överdrift, men visst var han en skojig filur? Han är inspirerad av en köpman som sålde mig en sten en gång."

"*Du!* Det är du som är Ma Kuang!"

Lucius småskrattade. "Jag är inte en tillräckligt bra skådespelare, tyvärr. Nej, jag tror du känner honom som alkemisten Chymes."

"Chymes? Det är inte möjligt. Ma Kuang har inget skägg, jag skulle känt igen honom. Jag ..."

Lucius slängde bak huvudet och gapskrattade. "Trodde du verkligen på det löjliga? Ha, ha! Ett skägg av tång! Av sjögräs! Är du inte klok?"

"Jag ska straffa dig", sa Clemens och tog ett steg framåt. "Äntligen ska jag straffa dig för allt du har gjort."

Lucius gjorde en gest med öppna handflator. "Nej tack, jag vill inte slåss. Det har aldrig varit min starka sida."

"Du måste! Vid Saturnus, du måste! Du har lurat mig från början!"

Lucius suckade. Han förde handen till nacken och drog fram ett mörkt svärd från ryggen. En spatha, ett av Roms dödligaste vapen, smitt av rent svartålsjärn.

"Men gudar, jag tyckte du sa att du inte ville slåss!"

Lucius ryckte på axlarna. "Jag hade en känsla av att du skulle insistera."

Clemens rusade fram, klövarna snabba på den blöta klippan. Han höll huvudet böjt, hornen riktade mot sin fiende. När Lucius hoppade åt sidan knyckte Clemens till med huvudet och träffade något mjukt, magen kanske. Han hörde Lucius svära, och i ögonvrån såg han hur det mörka svärdet kom svepande ned. Han kastade sig bakåt. Vinddraget slog mot hans ansikte.

Lucius rörde sig åt sidan, Clemens följde efter och de kretsade kring varandra som planeterna kring jorden. Det snurrade framför Clemens ögon; vinet påverkade honom fortfarande. Clemens och Lucius fullbordade en halvcirkel, så att

Clemens åter stod vid klippans rand, och Lucius gick till attack. Clemens duckade för långsamt. Eld i axeln. Blod forsade ut. Saturnus vad vasst svärdet var. Han skrek, men smärtan försvann inte. Stapplande steg, svårt att hålla balansen. Lucius närmade sig igen, stack svärdet genom hans rustning och in i bröstet. Slet ut hjärtat med spetsen. Triumferande ögon.

Clemens gick till motangrepp.

Han blockerade ett hugg med sina horn och skickade svärdet flygande nedför klippan. Fienden avväpnad. Slag, slag, slag. Lucius ansikte var mjukt. Allt var så förbannat mjukt med människor. Bakre hjärtat pumpade snabbare, gav näven kraft. Slag, slag, slag. Ljud av brutna ben. Lucius låg på marken.

Clemens tog några rosslande andetag, försökte ignorera smärtan. Bara lite till, sedan kunde han vila. Han ville slänga tjuven nedför klippan, men kunde inte. Orkade inte. Clemens tänkte avsluta det här och nu med att stampa. Han lyfte sina klövar. Blodiga ögon stirrade upp.

Baken sved till. Han stapplade bakåt. Svansen! Det kräket hade dragit honom i svansen! Världen snurrade. Ett steg till – och Clemens tappade fästet.

Han såg upp mot klippan medan han föll mot sin död.

XXX

Lucius visste inte hur länge han legat där. Ansiktet var varmt, men regnet sköljde över det så skönt. Långsamt förde han handen till kinden, näsan, munnen. Han kunde inte öppna vänster öga, och han kände krossade tänder med tungan.

Nå, tänkte han, *jag kommer åtminstone sluta vara känd som han med en vårta i pannan.*

Han satte sig upp och trängde undan yrseln. Ställde sig vid kanten. En kropp låg där nere, delar spridda. Clemens.

Och jag som inte ens hann berätta det bästa om vår vän alkemisten. Han har tränat på att halta varje natt i tre månader.

När Lucius gick nedför Capitolium i jakt på sina kamrater var staden tyst. Som om den sörjde. Eller var utslagen. Runt honom öste gudarna regn, men Lucius var inte kall.

Hans kamrater väntade på Forum. Allesammans tydligt sargade, men levande. Satt runt skatten som låg där helt öppet. Där var öde nu, men kropparna var av sådant antal att Lucius undrade om han verkligen varit den som utkämpat den hårdaste striden. I bakgrunden reste sig Vestatemplet; den heliga elden hade slocknat och vestalerna själva låg döda på marken med sitt ormhår hugget i småbitar.

Appia reste sig. "Lucius, Lucius! Ditt ansikte!"

Flamma nickade. "Vi bröder nu. Du, jag – enögda

gladiatorer."

"Fick du tag i den eller?" sa Kezekem. "Jadekristallen?"
"Nej."

Kezekem stönade. "Så vi är fast här? Amicus, du vet att jag gillar dig men allt det här guldet och ingenstans att ta vägen ..."

"Vi behöver inte fly", sa Lucius. "Inte längre. Clemens är död."

"Det finns andra", inföll Pollio med trött röst. "Andra som kommer jaga oss."

Lucius skakade på huvudet. Det dunkade genast till svar. "Vi ber den nye kejsaren om nåd. Han som haltar. Han kommer bevilja det och låta oss behålla vår skatt. Så mycket är han skyldig oss."

"Nej, det kommer han inte."

Lucius vände sig om; långsamt, så att hans kropp inte orsakade honom mer onödig smärta. Där var han, den nye kejsaren. Iklädd en purpurröd toga, dekorerad med guldtrådsspunna motiv; en vit tunika under, och på sitt huvud en magnifik lagerkrans. Han var inte ens blöt, som om regnet inte vågade röra honom.

Han hade kommit för att möta dem i deras triumf. Inte så konstigt kanske – han hade alltid haft en näsa för guld. Men vad hade han egentligen sagt? "Inte?" Lucius kisade med det öga som inte redan var slutet. "Ingen nåd?"

Chymes, kejsaren, även om han förmodligen kallade sig något annat nu – Claudius, mindes Lucius – sa: "Nåd? Visst, vad spelar det för roll? Ett gäng småtjuvar är inget hot mot mitt rike, naturligtvis inte. Men skatten ni har där, den tar jag hand om."

Lucius blev kall, men hade inte ork nog till ilska. "Nej. Du får inte. Vi hade ett avtal."

Chymes höjde på ögonbrynen, något som fick Lucius att inse hur löjligt kejsarens ansikte såg ut. Eller snarare hur fullständigt normalt det såg ut, vilket var så annorlunda från hans tidigare havsinspirerade skäggansikte, att det i sig var löjligt.

"Du borde veta bättre än att lita på mig." Han pekade med tummen mot de två dussin pretorianer som åtföljde honom och som kastade hungriga blickar på guldet. "Livvakterna här är inte billiga. Och de verkade inte särskilt lojala mot min företrädare, så jag tyckte de kunde behöva lite extra motivation. De har blivit illa behandlade alldeles för länge – jag stötte till och med på deras prefekt liggandes i en mycket obekväm ställning inte långt härifrån."

Lucius suckade. Han hade ingen lust att debattera, inte nu, och särskilt inte med någon som Chymes. "Se dig omkring. Tror du alla dessa kroppar fallit ned från himlen? Att vestalerna här snubblade och föll huvudstupa på en hög nyslipade knivar? Vi har redan slagits för vår skatt. Tro inte att vi tänker låta någon låtsaskejsare ta den ifrån oss."

När han talade kände Lucius styrkan återvända genom stödet från sina vänner. Kanske hade han lust att debattera, trots allt. Flamma dunkade händerna i bröstet, Brontes väste, Pollio försökte och misslyckades kapitalt med att se hotfull ut, Appia lyfte sin piska och Kezekem gjorde något med sin fot som knappast ens han förstod syftet med.

"Just det", tillade skiapoden, "och du kan stoppa din nåd i en säck, icke-amicus!"

"Nej, nej", hyschade Lucius honom, "nåd vill vi fortfarande ha. Nåd och skatt – nåd *och* skatt."

"Jaha, äh … i en *stor* säck! Och ge säcken till oss, så att det är nåd, eller hur? Till oss. Och vi behåller de riktiga säckarna, säckarna med mynt."

Kejsaren höjde sina ögonbryn igen. "Sannerligen småtjuvar. Det räcker, jag tar skatten." Han knäppte med fingrarna och pretorianerna närmade sig med dragna svärd.

Framryckningen stannade dock när Flamma kom dem

till mötes. "Inte ta skatten! Skatten vår!"

Lucius betraktade pretorianerna när de ställde upp sig i försvarsställning mot halvcyklopen. De var över tjugo stycken men oddsen var inte direkt på deras sida. Den här gången hölls Flamma inte tillbaka av någonting; det skulle bli en massaker.

Kejsaren höll upp handen. "Innan du skickar ditt vilddjur på mig, fråga dig om han är stor nog att besegra hela Rom? För det är vad som kommer att krävas för att behålla er skatt. Bara kejsaren är så stor."

Tomma ord, tänkte Lucius, men med en kuslig känsla i magen. Om det var något han visste om Chymes – även om kejsarrollen fick honom att tala och uppträda så annorlunda – var det att han *aldrig* tog en risk. Inte när det handlade om guld.

Chymes log, som om han läst Lucius tankar. "Trodde du verkligen att jag nöjde mig med två dussin pretorianer för ett uppdrag av den här sorten? Det tog en stund att organisera dem, visst, men de borde vara här vilket ögonblick som helst nu."

Och som på en given signal – vilket det förmodligen var, kanske genom handen Chymes hållit upp – marscherade flera hundra pretorianer, en hel kohort, mot dem genom regnet. Iklädda rustning och med en standar i formen av en *aquila* med utsträckta vingar. Pretorianerna var redo för krig.

"Skåda", deklarerade Chymes på ett sätt som var smärtsamt teatraliskt för Lucius öron, "makten med att vara kejsare!" Armén anlände och trängdes på Forum och de intilliggande gatorna.

"Du är kejsare tack vare mig", sa Lucius och spottade blod från sin kamp på Tarpeiska klippan. "Tack vare oss."

Chymes viftade med handen. "Som sagt, att vara kejsare för med sig många utgifter. Och någon sa mig en gång att det bästa sättet att skapa guld helt enkelt är genom att ta någon annans."

Jätteroligt, tänkte Lucius, väl medveten om att det var

över. Planen hade spruckit och han hade förlorat. Ingen kunde slåss mot en hel armé.

"Du tänker inte bita i dem, hoppas jag?" muttrade han när Chymes slog armarna om en av säckarna på ett mycket okejserligt vis. Lucius hade blivit rätt förtjust i sina mynt under den korta tid som han haft dem i sin ägo, och ville helst slippa se dem hamna i munnen på en figur med sådan ökänt dålig tandhygien.

Det kom inget svar på detta, och strax därefter fanns inget kvar på Forum förutom ett gäng tjuvar i regnet.

"Nå", sa Lucius, blöt inpå bara skinnet, "så kan man också betala en skuld."

"Verkligen", morrade Kezekem och skakade av ilska på ett sätt som måste varit mycket obehaglig för den population loppor som befolkade hans ansikte. "Nitton quadrans, amicus! Den där skälmen är skyldig mig *nitton quadrans* och låtsades som ingenting!"

Pollio, som tydligen på något obegripligt vis var välsignad med att ännu icke ha upptäckt de allvarliga bristerna i Kezekems förstånd, sa: "Nitton quadrans? Vad sägs om de sjuhundrasextiotretusen denarer han just norpade?"

"Äh, amicus, det är sådant som händer. En del av spelet. Men mina nitton quadrans – jag vill ha mina nitton quadrans!"

"Förresten", sa Lucius, som insåg att tillfället var illa valt men knappast kunde missa chansen att rätta ett tal, "var det bara runt *sjuhundrafyrtiosjutusen* denarer; Gröne Gnaeus tog ju en säck till botten av avgrunden, och vi kastade en annan i den där dammen."

Så fort orden lämnat Lucius mun fick alla samma idé. Pollio var den förste att säga det. "Dammen! Vi har åttatusen denarer som väntar på oss i dammen."

"Och Incitatus är kanske där ännu", tillade Appia. "Han är säkert ivrig att få tävla på cirkusen igen. Fast med en annan kusk, den här gången."

"Ja, amici", sa Kezekem och viftade med foten med sådan intensitet att blandningen av vattendroppar och fotsvett som flög därifrån skulle varit synnerligen obehagligt för omgivningen om det inte varit för att det redan regnade, "och det finns gott om metaller i dammen också. Värt en förmögenhet, säger jag ju!"

"Bra, Kez", sa Flamma. "Du tar metallskärvor – vi tar mynt. Ha!"

Alla vände sig mot Lucius – som om det var en teaterföreställning där alla på scen var ålagda att säga något – och Lucius i sin tur vände sig mot Brontes, som av allt att döma varit högst delaktig i försvaret av skatten när den fortfarande varit deras att försvara. Kropparna bredvid henne var brända, varelser av alla sorter förblindade av skatten och i ett försök att bli tjuvar förvandlade till aska. Ödlevargen sken från insidan, läckte ljus genom sina fjäll. Hälften ödla, hälften varg ... och hälften blixtar?

"Det har varit mycket tal om skulder", sa Lucius, "men jag tycks ha glömt den viktigaste. Åk ni till dammen. Jag nöjer mig med den här." Han stack handen i Brontes mun, grävde i slemmet bakom hennes tunga och plockade ut stenen. Den var iskall. "Kanske kan jade läka träd."

OM FÖRFATTAREN

Axel är besatt av historia och ägnar dagarna åt att läsa gamla historiska texter. Inte nog med att det får honom att förbanna oläslig 1700-talshandstil, det ger honom också inspiration till sitt skrivande från alla möjliga historiska epoker. Han har älskat fantasy sedan barnsben och bor i Kungälv tillsammans med sina två drakar med vassa klor och långa svansar.

Läs mer om Axel på hans hemsida: **axelkamne.com**.

FÖRFATTARENS TACK

Tack till alla på 8th & Atlas Publishing, som gjort den här boken till verklighet. Tack till min redaktör Christina De Paris, som givit många förslag och mycket uppmuntran, och som varit särskilt hjälpsam vid den engelska översättningen.

Tack till alla i min skrivgrupp som skrivit tillsammans med mig, givit respons och fikat. Tack till dem som hjälpt mig med manuset på kurser och annorstädes.

Slutligen vill jag tacka vem som helst som råkar känna sig träffad.